www.ingramcontent.com/pod-product-compliance
Lightning Source LLC
LaVergne TN
LVHW010804051026
849532LV00007B/2452

دل ہی تو ہے

(افسانے)

خواجہ احمد عباس

Dil hi to hai (Short Stories)

by: Khwaja Ahmad Abbas

Edition: January '2026

Publisher :

Taemeer Publications LLC (Michigan, USA / Hyderabad, India)

ISBN 978-93-6908-796-9

9 789369 087969

کتاب	:	**دل ہی تو ہے** (افسانے)
مصنف	:	**خواجہ احمد عباس**
بہ تعاون	:	الف یار ڈاٹ کام ویب سائٹ
صنف	:	فکشن
ناشر	:	تعمیر پبلی کیشنز (حیدرآباد، انڈیا)
سالِ اشاعت	:	۲۰۲۶ء
صفحات	:	۱۴۴
سرورق ڈیزائن	:	تعمیر ویب ڈیزائن

فہرست

پیش لفظ

یہ مجموعہ "دل ہی تو ہے" خواجہ احمد عباس کے فنِ افسانہ نگاری کے اس رخ کو نمایاں کرتا ہے جہاں زندگی کی تلخ حقیقتیں، عشق، مزاح، طنز اور سیاسی و سماجی شعور ایک ساتھ قاری کے دل پر دستک دیتے ہیں۔ عباس محض ترقی پسند نعرہ نگار نہیں بلکہ انسان کے دکھ سکھ، حرمان اور اس کی ضدی امید کے سچے راوی ہیں، جو مذہبی تعصّب، طبقاتی استحصال، جنگ، دیوالی کی چمک دمک کے پیچھے چھپے اندھیرے، آزادی کے نام پر ہونے والی سیاست اور عام انسان کی بے بسی کو افسانے کے قالب میں اس طرح ڈھالتے ہیں کہ کہانی ختم ہو کر بھی دل و دماغ میں چلتی رہتی ہے۔ ان کے افسانوں میں دیوالی کے قمقموں سے جھلملاتے سرمایہ داروں کے محل بھی ہیں اور گاؤں سے آئی بھوکی مگر خوددار عورت کی پرچھائیں بھی؛ سیٹھ لکشمی داس کی امریکی روشنی بھی ہے اور ان ہزاروں مزدوروں کا پسینہ بھی جن کی محنت پر وہ روشنی قائم ہے۔ ان کے بیانیے میں فلمی اسلوب کی روانی، مکالمے کی برجستگی، کرداروں کی جیتی جاگتی پیش کش اور انجام کی چونکانے والی کاٹ مل کر ایک ایسا

ماحول بناتی ہے جس میں قاری ہنستا بھی ہے، تڑپتا بھی ہے اور اپنے عہد سے سوال بھی کرنے لگتا ہے۔

"دل ہی تو ہے" میں شامل پہلی کہانی 'دیوالی کے تین دیے' میں سیٹھ لکشمی داس کے روشن محل اور گاؤں کی مفلس مسافر عورت کے بیچ وہ طبقاتی خلیج دکھائی دیتی ہے جو تہوار کی روشنی میں بھی اندھیری ہی رہتی ہے، اور جس کے سائے میں پورا معاشرہ سانس لیتا ہے۔ دوسری کہانی میں آزادی کے بعد کے دفتر شاہی افسر، پرمٹ راج، رشوت، اوپر کی آمدنی اور ایک علامتی لڑکی کے ذریعے یہ بتایا گیا ہے کہ 'سیوا' اور 'قوم پرستی' کے نام پر اصل میں کس طرح ذاتی مفاد کا کھیل جاری رہتا ہے۔ کچھ افسانوں میں سیاسی لیڈروں، موقع پرست قومی خدمت گاروں اور نعرہ باز انقلابیوں کی ایسی تصویر بنتی ہے جو ایک ساتھ مضحکہ خیز بھی ہے اور لرزا دینے والی بھی، جہاں نکاح، سات پھیرے، رجسٹرار کی مہر، مکسڈ اکانومی اور کرانتی سب مل کر استحصالی ڈھانچے کا حصہ بن جاتے ہیں۔

ایک کہانی میں وہ نوجوان سامنے آتا ہے جو نہ چور ہے نہ ڈاکو، نہ گنڈا نہ کرانتی کاری، صرف ایک سیدھا سادہ انسان ہے جو آزادی اور انسانیت کی تلاش میں مارا مارا پھر رہا ہے، اور جس کا پیچھا ہر نظریہ، ہر طاقت اور ہر جتھا کر رہا ہے، یہاں تک کہ وہ

اپنی جان سے زیادہ انسانیت پر سے اعتماد کھونے سے ڈرنے لگتا ہے۔ دیگر کہانیوں میں مذہبی منافرت، سرمایہ دارانہ لالچ، سرخ کتابی نعروں، فلاح کے سرکاری دعووں اور عام آدمی کی امنگوں کے درمیان وہ کشمکش نمایاں ہے جس میں دل ہی سب سے زیادہ زخمی ہوتا ہے، مگر وہی دل احتجاج بھی کرتا ہے، محبت بھی کرتا ہے، اور بہتر سماج کے خواب بھی دیکھتا رہتا ہے۔

یوں "دل ہی تو ہے" کے یہ نو افسانے مل کر ایک ایسا آئینہ بن جاتے ہیں جس میں قاری اپنے زمانے کے چہرے کے ساتھ اپنا باطن بھی دیکھنے پر مجبور ہو جاتا ہے۔

ا

دیوالی کے تین دیے

پہلا دیا

دیوالی کا یہ دیا کوئی معمولی دیا نہیں تھا۔ دیے کی شکل کا بہت بڑا بجلی کا لیمپ تھا۔ جو سیٹھ لکشمی داس کے محل نما گھر کے سامنے کے بر آمدے میں لگا ہوا تھا۔ بیچ میں یہ دیوں کا سمراٹ دیا تھا اور جیسے سورج کے ارد گرد اَن گنت ستارے ہیں، اسی طرح اس ایک دیے کے چاروں طرف بلکہ اوپر نیچے بھی ہزاروں بلب بجلی کے تاروں میں ایسے جگمگا رہے تھے جیسے مالن ہاروں میں چنبیلی کے سفید پھولوں کو گوندھتی ہے۔

بر آمدے کے ہر محراب میں ان بجلی کے دیوں کے ہار پڑے ہوئے تھے۔ چھت کے کنگروں کے ساتھ ساتھ ستاروں سے بھی زیادہ جگمگاتے ہوئے قمقموں کی جھالریں جھول رہی تھیں۔ سنگ مرمر کے ہر ستون پر بجلی کے تار کی بیل چڑھی ہوئی تھی اور اس میں پکے ہوئے انگوروں کی طرح لال، ہرے، نیلے، پیلے بلب لگے ہوئے تھے۔ سارے گھر میں کچھ نہیں تو دس ہزار بجلی کے یہ دیے شام سے ہی دیوالی کا اعلان کر رہے تھے۔ دیوی لکشمی کا انتظار کر رہے تھے۔

مگر ان سب میں سب سے زیادہ نمایاں وہ ایک ہی دیا تھا۔ دیوی کا سمراٹ جو

اپنی روشنی سے شام کے دھندلکے کو دوپہر کی طرح روشن کیے ہوئے تھا۔ یہ دیا سیٹھ لکشمی داس امریکہ سے لائے تھے۔ جب وہ وہاں اپنی کمپنی کے لیے بجلی کا سامان خریدنے گیے تھے۔۔۔ دراصل یہ دیوی کا سمراٹ انھیں ذاتی کمیشن کے طور پر بھینٹ کیا گیا تھا۔ مال سپلائی والی امریکن الیکٹرک کمپنی کی طرف سے۔ اور اس کو دیکھتے ہی سیٹھ لکشمی داس نے سوچ لیا تھا کہ اب کے بار دیوالی پر یہ امریکن دیا ہی دیوی لکشمی کا سواگت کرے گا۔

اور آج شام ہی سے یہ دیا اپنی بھڑکیلی امریکن شان سے جل رہا تھا۔ اس کے چاروں طرف دس ہزار اور روشنیاں جگمگا رہی تھیں۔ سیٹھ لکشمی داس کا کہنا تھا کہ سب تہواروں میں دیوالی ہی سب سے اہم اور برتر تہوار ہے۔ دیوالی کی رات کو جہاں اس کا سواگت کرنے کو روشنیاں ہوتی ہیں وہاں دیوی لکشمی آتی ہے۔ سو وہ ہمیشہ اس کا خیال رکھتے تھے کہ ہر دوسرے سیٹھ اور بیوپاری کے گھر سے زیادہ روشنیاں لکشمی محل میں ہونی چاہئیں۔ ان کو یقین تھا کہ جتنی روشنیاں زیادہ ہوں گی اتنی ہی زیادہ لکشمی دیوی کی مہربانی بھی ہوگی اور شاید تھا بھی یہ سچ۔ بیس بائیس برس پہلے جب ان کی چھوٹی کپڑے کی دوکان تھی، تب ان کے گھر میں کڑوے تیل کے سو دیے جلا کرتے تھے۔ پھر جب جنگ ہوئی اور ان کو فوجی کمبل سپلائی کرنے کا ٹھیکہ مل گیا تو ان کے نئے گھر پر ایک ہزار دیے جگمگانے لگے۔ پھر جب آزادی آئی، اور سیٹھ لکشمی داس کو ایک بہت بڑے ڈیم بنانے کے لیے مزدور سپلائی کرنے کا ٹھیکہ مل گیا تو دیوالی کی رات کو ان کے بنگلے پر پانچ ہزار بجلی کے بلب جگمگا اٹھے اور اس سال جب کہ انھوں نے ایک امریکن کمپنی کے ساتھ مل کر کئی کروڑ روپے کا

کارخانہ قائم کرلیا تھا جس میں انہیں لاکھوں روپے مہینے کی آمدنی کی امید تھی، اگر انکم ٹیکس افسر کوئی گڑبڑ نہ کرے۔

اس مرتبہ تو انہوں نے اپنے لکشمی محل میں ایسی روشنی کی تھی کہ ایک بار تو دیوی لکشمی کی آنکھیں بھی چکاچوند ہو جاتیں۔ اتنی بہت روشنیاں اور خصوصاً امریکن دیوی کے سمراٹ کو دیکھ کر دیوی خوش ہو گئی تو کون جانتا ہے اگلی دیوالی تک سیٹھ جی پانچ چھ اور کارخانے اور دو چار بینک خریدنے کے قابل ہو جائیں۔

ہاں تو دیوالی کی رات تھی اور سیٹھ صاحب الیکٹرک انجینئر کو ہدایت دے رہے تھے کہ بجلی کے کنکشن اور فیوز وغیرہ کا خاص خیال رکھے کیوں کہ کسی کی بھول سے ایک سیکنڈ کے لیے بھی بجلی فیل ہو کر اندھیرا ہو گیا تو خطرہ ہے کہ دیوی لکشمی ناخوش ہو کر اس گھر سے ہمیشہ کے لیے نہ چلی جائے۔ اس لیے الیکٹرک انجینئر نے ایک جنریٹر بھی لگایا ہوا تھا تاکہ پاور کے کرنٹ میں کوئی گڑبڑ ہو تو جنریٹر سے بنائی ہوئی بجلی کام آئے۔

یکایک سیٹھ صاحب کو ایسا محسوس ہوا کہ جیسے محل بھر میں لگے ہوئے سارے بجلی کے قمقموں کی روشنی اور تیز ہو گئی ہو، "دیوی لکشمی آگئی" انہوں نے خوش ہو کر کہا۔ مگر انجینئر نے سمجھایا کہ کرنٹ کے گھٹنے بڑھنے سے کبھی کبھی ایسا ہوتا ہے کہ روشنی زیادہ یا کم ہو جاتی ہے۔"

"تو پھر تمہاری ڈیوٹی یہ ہے کہ دیکھتے رہو کہ روشنی زیادہ ہوتی رہے۔ ایک پل کے لیے بھی کم نہ ہو۔" یہ کہہ کر سیٹھ صاحب برآمدے کی سنگ مرمر کی سیڑھیاں اتر کر باغ کی طرف آرہے تھے۔ جہاں ہر پیڑ کی شاخوں میں جگمگاتے ہوئے "پھل"

جھول رہے تھے کہ انہوں نے ایک عورت کو سڑک پر کھڑا دیکھا۔۔۔ عورت گاؤں سے آئی لگتی تھی۔ اس کے بدن پر میلا گھاگرا تھا۔ جس کا رنگ کبھی لال رہا ہو گا۔ اسی رنگ کی چولی تھی اور سر پر اوڑھنی تھی۔ وہ بھی موٹے لال کھدر کی مگر چھپی ہوئی۔ اپنے سر پر وہ میلے کچیلے چیتھڑے میں لپٹی ہوئی ایک گٹھری اٹھائے ہوئی تھی۔ اس کے کپڑے نہ صرف میلے تھے بلکہ پھٹے پرانے پیوند بھی لگے تھے۔

"کوئی غریب بھکارن ہو گی۔" سیٹھ لکشمی داس نے دل میں سوچا۔ "کیوں مائی کیا چاہیے؟" انہوں نے سیڑھیاں اترتے پوچھا اور قریب جانے پر انہوں نے دیکھا کہ عورت غریب سہی مگر جوان ہے اور رنگت سانولی ہونے پر بھی خوبصورت ہے۔

"ایک رات کہیں ٹھہرنے کا ٹھکانہ چاہیے، سیٹھ جی بڑی دور سے آئی ہوں۔"

"نا بابا معاف کرو" وہ جلدی سے بولے۔ من ہی من میں انہوں نے سوچ لیا تھا کہ ایک انجانی غریب جوان عورت کو رات بھر کے لیے گھر میں رکھنے کا کیا نتیجہ ہو گا۔ ہو سکتا ہے کہ راتوں رات گھر میں سے روپیہ پیسہ یا زیور سونا چرا کر بھاگ جائے۔ ہو سکتا ہے کہ اسے بلیک میل کر کے روپیہ وصول کرے۔ سیٹھ جی کا لڑکا جوان تھا۔ وہ کہیں اس انجانی عورت کے چکر میں نہ آجائے۔ پھر بھی انہوں نے سوچا دیوالی کی رات ہے۔ کسی بھکارن کو دھتکارنا بھی نہیں چاہیے۔۔۔

"بھوکی ہو تو کھانا کھلوائے دیتا ہوں۔ لڈو، پوری جو جی چاہے کھاؤ۔"

"میں بھکارن نہیں ہوں سیٹھ جی۔"

اس نے اپنے سر پر دھری ہوئی گٹھری کی طرف اشارہ کرتے ہوئے جواب دیا، "میرے پاس کھانے کو بہت کچھ ہے۔ مکئی کی روٹی ہے، چنے کا ساگ۔ گاؤں کا

اصلی گھی ہے۔ دہی ہے، دودھ ہے۔ آپ کے سارے گھر کو پیٹ بھر کر کھلا سکتی ہوں۔ مجھے تو رات بھر ٹھہرنے کا ٹھکانہ چاہیے۔" اس کی حاضر جوابی سے سیٹھ جی اور گھبرا گیے۔ انہوں نے سوچا ایک معمولی گاؤں کی عورت کی ہمت نہیں ہو سکتی کہ یوں سوال جواب کرے۔ کہیں یہ عورت انکم ٹیکس والوں کی سی آئی ڈی تو نہیں ہے؟

"نا بابا معاف کرو، ہمارے گھر میں جگہ نہیں ہے۔ کوئی دوسرا گھر دیکھو۔"

"تو پھر دوسرا ہی گھر دیکھنا پڑے گا سیٹھ جی۔" یہ کہا اور وہ عورت اپنی گٹھری سنبھالتی ہوئی چلی گئی۔ سیٹھ جی مڑ کر سیڑیاں چڑھتے ہوئے واپس بر آمدے میں جارہے تھے کہ انہوں نے محسوس کیا کہ اس امریکن دیے کی روشنی کچھ پیلی پڑتی جارہی ہے۔ "یہ پاور ہاؤس کا کرنٹ پھر نیچے جارہا ہے۔" اور پھر چلا کر کہا، "انجینئر جنریٹر تیار رکھو۔ دیے بجھنے نہ پائیں۔ الیکٹرک انجینئر بھاگتا ہوا آیا اور اس نے کہا، "سیٹھ جی کرنٹ بالکل ٹھیک آرہا ہے۔ ویسے جنریٹر بھی تیار ہے۔ آپ بالکل نہ گھبرائیے۔"

"گھبراؤں کیسے نہیں؟" سیٹھ جی کا دل نہ جانے کیوں ایک عجیب بے چینی سے دھڑک رہا تھا۔ جانتے نہیں دیوالی کی رات ہے؟ ایک پل کو بھی اندھیرا ہو گیا اور وہی دیوی کے آنے کا سمے ہوا اور دیوی روٹھ کر کہیں اور چلی گئی۔۔۔ تو۔۔۔تو۔۔۔؟"

دوسرا دیا

انکم ٹیکس افسر لکشمی کانت تیل کی بوتل لے کر اپنے فلیٹ کی بالکنی میں نکلا تو

اس نے دیکھا کہ سامنے سیٹھ لکشمی داس کا محل بجلی کی روشنیوں سے جگمگا رہا ہے۔

"ہاں کیوں نہ ہو!" اس نے سوچا کروڑوں روپیہ بلیک کا جو موجود رکھا ہے۔ دس ہزار کیا دس لاکھ بجلی کے بلب لگا سکتا ہے۔"

پھر اس نے دیکھا کہ اس کی اپنی بالکنی کی منڈیر پر جو سو دیئے اس نے سجا رکھے ہیں، ان میں سے ایک دیئے کی لو دھیمی ہوئی جا رہی ہے۔ اس نے گھبرا کر سوچا، "کہیں دیا بجھ نہ جائے، شگون ہی برا نہ ہو جائے!" اور جلدی سے اس نے بوتل کا تیل دیے میں الٹ دیا۔ دیا سلائی سے لو بھی اوپر کی تو اسے ایسا لگا کہ نہ صرف اس دیے کی بلکہ سو کے سو دیوں کی روشنی ایک دم سے تیز ہو گئی۔

"دھنیہ ہو، دیوی" اس نے دیوار پر لکشمی کی تصویر کے آگے پرنام کرتے ہوئے کہا، "اس برس تو تمہاری بڑی کرپا رہی ہے۔" پھر اس نے کرسی پر آرام سے بیٹھ کر اپنا جاسوسی ناول اٹھایا جو ختم کے قریب تھا اور جس کا ہیرو اس وقت ڈاکوؤں کی سنہری ٹولی کے پنجے میں پھنسا ہوا تھا۔ دروازے کی گھنٹی بجی تو رسوئی میں سے اس کی بیوی چلائی۔ "اجی او۔۔۔ ذرا دیکھنا تو کون ہے؟"

"منگو سے کہو نا دیکھے کون ہے" اس نے ناول سے نظر اٹھائے بغیر جواب دیا۔

"منگو کو میں نے بازار بھیجا ہے، مٹھائی لانے" رسوئی سے آواز آئی۔

"تو گنگا کو بھیجو!" گنگا ان کے یہاں برتن مانجھنے پر ملازم تھی اور صبح شام کام کرنے آتی تھی۔

"گنگا مردار تو آج چھٹی منا رہی ہے۔ کہتی تھی بائی ہماری بھی آج دیوالی ہے۔ آج ہم کام نہیں کریں گے۔ سو میں نے بھی چڑیل کو کھڑے کھڑے نکال دیا۔"

گھنٹی ایک بار پھر بجی۔

"اچھا، اب تم ہی اٹھ جاؤنا۔۔۔ ضرور سیٹھ جی کے ہاں سے مٹھائی آئی ہو گی۔"

"کیا صرف مٹھائی ہی آئی ہے یا کچھ اور؟" اس نے اٹھتے ہوئے پوچھا۔ مگر جب اس نے دروازہ کھولا تو سیٹھ جی کا ملازم نہیں ہے۔ ایک عورت کھڑی ہے۔ عورت صورت سے گنوار لگتی تھی۔ کپڑے بھی پھٹے پرانے تھے۔ سر پر ایک میلے سے چیتھڑے میں لپٹی ہوئی ایک گٹھری تھی مگر تھی جوان اور خوبصورت، لکشمی کانت نے دل ہی میں سوچا۔ جوانی اور خوبصورتی پر بھی انکم ٹیکس لگنا چاہیے۔ مگر اونچی آواز سے اس نے پوچھا "کیوں، کیا چاہیے؟"

"بابو جی! بڑی دور سے آئی ہوں۔ گھر لوٹنے کا سمے نہیں رہا۔ ایک رات کو ٹھیرنے کا ٹھکانہ مل جائے تو بڑی کرپا ہو گی۔ میں کہیں کونے میں پڑ رہوں گی۔"

لکشمی کانت نے ایک بار پھر اس عورت کی جوانی کا جائزہ لیا پھر مڑ کر کن انکھیوں سے رسوئی کی طرف دیکھا جہاں اس کی بیوی بیٹھی پوریاں تل رہی تھی۔ لاجو موٹی تھی۔ اس کے منہ پر چیچک کے نشان تھے مگر وہ جہیز میں دس ہزار نقد لائی تھی۔ اس کے سب رشتہ داروں نے مبارکباد دے کر کہا تھا۔ لکشمی کانت سچ مچ تیرے گھر میں تو لکشمی آئی ہے۔ لکشمی کانت نے اپنی بیوی کو دیکھا اور اس کے ہاتھ میں پوریاں بیلنے کے لیے جو لکڑی کا بیلن تھا، اور پھر ہلکی سی ٹھنڈی سی سانس لے کر اس انجانی عورت کی طرف مخاطب ہوا،

"آئی کہاں سے ہو؟"

"بڑی دور سے آئی ہوں بابو جی، مگر اس وقت تو سیٹھ لکشمی داس کے ہاں سے

آئی ہوں۔"

"کیوں سیٹھ جی نے تمہیں نکال دیا۔۔۔؟"

"ہاں بابو جی، یہی سمجھو نکال ہی دیا۔"

"اور وہاں سے تم سیدھی یہاں چلی آئیں۔"

"ہاں بابو جی!"

لکشمی کانت نے کتنے ہی جاسوسی ناول پڑھے تھے اور اسے معلوم تھا کہ اگر کوئی سرمایہ دار کسی کو تباہ کرنا چاہتا ہے تو اس کا ہتھیار کوئی ایسی عورت بھی ہو سکتی ہے۔

"تو سیٹھ جی نے مجھے یہ دیوالی کی بھینٹ بھیجی ہے؟" اس نے دانت بھینچ کر کہا۔

"اس گٹھری میں کیا ہے؟"

"اس میں مکئی کی روٹی ہے بابو جی، چنے کا ساگ ہے اور گاؤں کا اصلی گھی ہے اور دودھ ہے۔ دہی ہے۔"

"بس بس رہنے دو۔" اسے یقین تھا کہ یہ سب بکواس ہے۔ جاسوسی ناولوں کے مطابق اس گٹھری میں زیور ہو گا۔ نشان لگے ہوئے نوٹ ہوں گے۔ رات کو یہ گٹھری اس گھر میں چھوڑ کر یہ عورت چمپت ہو جائے گی اور جب سیٹھ اس کو پکڑوانے کی دھمکی دے گا تو بغیر کچھ لیے دیے اس کے انکم ٹیکس کے رٹرن پاس کرنے ہوں گے۔

"جاؤ دوسرا گھر دیکھو۔" اس نے عورت کی جوانی کا آخری بار جائزہ لینے کے بعد ایک اور ٹھنڈی سانس بھری اور دروازہ بند کر دیا۔

"کون تھا؟" لاجور سوئی سے چلائی۔

"کوئی نہیں۔۔۔"

"کوئی نہیں تھا تو اتنی دیر کس سے باتیں کر رہے تھے۔"

"میرا دماغ مت کھاؤ۔ کوئی بھکارن تھی۔"

بھکارن تھی تب ہی اتنی دیر تک میٹھی میٹھی باتیں کر رہے تھے، میں تمہیں خوب۔۔۔"

ایک بار پھر گھنٹی بجی۔ دونوں نے دروازے کی طرف دیکھا۔

" جاؤ لگتا ہے پھر تمہاری بھکارن آئی ہے۔" بیوی نے حکم دیا۔

لکشمی کانت نے دروازہ کھولا تو سفید وردی پہنے ایک ڈرائیور ہاتھ میں مٹھائی کا بڑا سا سنہری ڈبہ لیے کھڑا تھا۔

"سیٹھ لکشمی داس نے دیوالی کی مٹھائی بھیجی ہے۔"

لکشمی کانت ڈبہ لے کر اندر آیا تو لاجو نے جلدی سے ڈبہ لے لیا اور ڈرائیور سے چلا کر بولی، "اچھا بھائی سیٹھ جی سے ہمارا نمستے کہنا اور دیوالی کی مبارکباد۔" دروازہ بند کر کے لکشمی کانت کمرے میں داخل ہی ہو رہا تھا کہ بیوی نے پھر ڈانٹا، "ارے یہاں کھڑے میرا منھ کیا دیکھ رہے ہو۔ جلدی سے دیوں میں تیل ڈالو۔ ان کی روشنی کم ہوتی جا رہی ہے۔"

تیسرا دیا

دیا صرف ایک تھا جو جھونپڑی کے سامنے ٹمٹما رہا تھا۔ دیے میں تیل بھی بہت کم تھا۔ اندر کھاٹ پر لکھو پڑا تھا۔ اس کا نام بھی لکشمی چند ہوتا تھا۔ جب وہ اپنے

گاؤں سے چل کر شہر آیا تھا مگر مل میں اور جھونپڑیوں کی بستی میں اسے لکھو ہی کہتے تھے۔ غریب مزدور کو اور خصوصاجب وہ بے کار ہو اور بیمار بھی ہو، بھلا کون لکشمی چند کہہ سکتا تھا۔

اس کی بیوی گنگا ایک کونے میں بنے ہوئے چولہے پر بھات پکا رہی تھی اور سوچتی جارہی تھی کہ بچوں کو بھات کے ساتھ ساتھ کھانے کو کیا دوں۔ بارہ آنے گھر میں تھے۔ اس کی وہ لکھو کی دوا لے آئی تھی۔ مالکن نے کھڑے کھڑے نکال دیا تھا۔ صرف اس لیے کہ اس نے دیوالی کی چھٹی مانگی تھی۔ پندرہ دن کی پگار باقی تھی وہ بھی نہیں دی تھی۔ کہہ دیا تھا، "دیوالی کے بعد آنا، آج کے دن ہم لکشمی کو گھر سے باہر نہیں نکالتے۔" اتنے میں اس کے دونوں بچے باہر سے بھاگتے ہوئے آئے۔ بڑا سات برس کا تھا لچھمن، اور چھوٹی چار برس کی تھی مینا۔

لچھمن بولا، "ماں، ماں سیٹھ جی کے محل میں اِتّے دیے جل رہے ہیں کہ لگتا ہے رات نہیں دن ہے اور ایک دِیا تو اِتّا بڑا ہے کہ سب اسے دیوی کا سمراٹ بولتے ہیں۔" اور مینا نے بھنک کر کہا، "ماں بھوک لگی ہے۔" مگر لچھمن نے اسے ڈانٹ دیا، "مجھے بھوک لگی ہے۔ میں کہتا ہوں ماں، ہمارے ہاں ایک ہی دیا کیوں جل رہا ہے؟"

"اس لیے بیٹا کہ ہم غریب ہیں۔ تیل کے پیسے نہیں کہ اور دیے جلا سکیں۔" اور کھانستے ہوئے لکھو نے کھاٹ پر سے آواز دی، "اری تو پھر یہ دیا بھی بجھا دے۔ اس جھونپڑی میں اندھیرا ہی ٹھیک ہے۔"

"ہائے رام" گنگا جلدی سے بولی۔۔۔ دیوالی کی رات کو دیا بجھا دوں؟ اندھیرے میں دیوی لکشمی نہیں آئے گی۔"

لکھوا تنی زور سے چلایا کہ پھر کھانسی کا دورہ پڑ گیا مگر کھانستے کھانستے بھی وہ بولتا گیا، "دیوی سیٹھ لکشمی داس کے محل میں جائے گی۔ لکشمی چند کے گھر نہیں آئے گی۔ نہ بجھا چراغ۔۔۔ تھوڑی دیر میں تیل ختم ہو جائے گا تو آپ سے آپ ہی بجھ جائے گا۔"

کچھمن جو کھڑکی میں سے جھانک رہا تھا چلایا، "بابا۔ بابا۔ دیکھو ہمارے دیے کی لو آپ سے آپ اونچی ہوتی جا رہی ہے۔"

"پاگل ہوا ہے بے" لکھوا سے ڈانٹ ہی رہا تھا کہ یہ دیکھ کر اچنبھے میں رہ گیا کہ باہر رکھے ہوئے دیے کی روشنی اب جھونپڑی میں بھی پھیلتی جا رہی ہے۔ دروازہ کسی نے کھٹکھٹایا۔ گنگا نے دروازہ کھولا تو دیے کی روشنی میں دیکھا، ایک عورت کھڑی ہے۔

"کیا ہے بہن؟"

"ایک رات کہیں ٹھیرنے کا ٹھکانہ چاہیے۔ بڑی دور سے آئی ہوں۔"

"تو اندر آؤنا۔" وہ عورت دروازہ میں سے اندر آئی تو اس کے ساتھ ہی چراغ کی روشنی بھی اندر آگئی۔ لکھو نے کہا، "ہمارے پاس تو بس یہی جھونپڑی ہے۔ ہو گی تو تکلیف، مگر اتنی رات گیے اور کہاں جاؤ گی۔ کھاٹ بھی ایک ہی ہے مگر میں اپنا بستر ادھر زمین پر کر لوں گا۔"

عورت زمین پر بڑے آرام سے پھسکڑ مار کر بیٹھ گئی تھی، "نہیں بھائی، تم بیمار ہو۔ تم کھاٹ پر سوؤ۔ میں تو دھرتی ہی سے نکلی ہوں۔ دھرتی ہی سے مجھے سکھ آرام ملتا ہے۔" گنگا نے کہا "لگتا ہے شہر میں پہلی بار آئی ہو۔ کہو دیوالی کی روشنیاں

دیکھیں؟"

"ہاں۔" عورت نے تھکی ہوئی سی ٹھنڈی سانس بھرتے ہوئے کہا "دیوالی کی روشنیاں بھی دیکھیں، دیوالی کا اندھیرا بھی دیکھا۔"

گنگا اس کا مطلب نہ سمجھی۔ لکھو بھی کھاٹ پر پڑا سوچتا رہا۔ یہ عورت تو کوئی بڑی ہی انوکھی باتیں کرتی ہے اور اس نے دفعتاً محسوس کیا کہ جیسے اس کی چھاتی پر سے کھانسی کا بوجھ آپ سے آپ اتر گیا ہو۔ وہ جو سات دن سے کھاٹ پر پڑا تھا، بے سہارا اٹھ کر بیٹھ گیا اور بولا، "گنگا آج تو مجھے بھی بھوک لگی ہے، نکال کھانا مہمان کے لیے بھی۔"

گنگا نے ہانڈی چولہے پر سے اتارتے ہوئے شرمندہ ہو کر کہا، "بھات تو ہے مگر ساتھ کھانے کے لیے کچھ نہیں ہے۔ نہ جانے تم سوکھا بھات کھا بھی سکو گی بہن؟"

"تم میری فکر نہ کرو۔" عورت نے اپنی گٹھری سامنے رکھتے ہوئے جواب دیا، "میرے پاس سب کچھ ہے۔ دراصل یہ میں تمہارے لیے ہی لائی تھی۔"

"ہمارے لیے؟ پر تم تو ہمیں جانتی ہی نہیں تھیں۔"

"میں تمہیں بہت اچھی طرح جانتی ہوں بہن۔ لکھو بھائی کو بھی، چھمن اور مینا کو بھی۔" یہ کہہ کر اس نے گٹھری کھولی تو کھانے کی خوشبو سونگھ کر بچے اس کے پاس آگیے۔

"اس میں کیا ہے؟ لکھو نے کھاٹ سے اتر کر چولہے کے پاس بیٹھتے ہوئے کہا۔ عورت نے ایک ایک چیز نکال کر ان کے سامنے رکھ دی۔ "یہ مکئی کی روٹیاں مکھن لگی ہوئی۔ یہ ہے چنے کا ساگ، یہ ہے گاؤں کا اصلی گھی، یہ ہے دیوالی کی

مٹھائی۔ اصلی کھوئے کے پیڑے۔ یہ ہے دہی، اور اس لٹیا میں بچوں کے لیے گائے کا دودھ ہے۔ شہر کی طرح پانی ملا نہیں ہے۔"

اور یہ سن کر سب ہنس پڑے۔ مگر اتنا بہت کھانا دیکھ کر لکھو کی آنکھوں میں خوشی کے آنسو آ گیے۔ روٹی کا لقمہ بناتے ہوئے بولا، "یہ سب ہو تو پھر آدمی کو اور کیا چاہیے؟"

وہ کھانا کھاتے جا رہے تھے اور اس انجانی عورت کی طرف کن انکھیوں سے دیکھتے جا رہے تھے جو نہ جانے کہاں سے ان کے لیے یہ ساری نعمتیں لے کر آ گئی تھی۔ کھانا کھا کر وہ سب آرام سے بیٹھے تب گنگا نے کہا، "بہن آج تمہاری بدولت ہماری دیوالی ہو گئی۔" اور لکھو ہنس کر بولا، "نہیں تو دیوالہ ہی دیوالہ تھا۔ تمہارا شکریہ کیسے ادا کریں بہن۔ ہمیں تو تمہاری پوجا کرنی چاہیے۔" اور عورت نے کہا، "شکریہ تو مجھے تمہارا ادا کرنا چاہیے۔ میں اس سارے شہر میں پھری مگر کسی نے مجھے رات بھر کے لیے آسرا نہیں دیا۔ سوائے تمہارے، سب محلوں کے سب بنگلوں کے دروازے بند تھے۔ میرے لیے کھلا تھا تو صرف تمہاری جھونپڑی کا دروازہ۔ اب میں ہر برس تمہارے ہاں آیا کروں گی دیوالی پر۔"

گنگا نے کہا، "بہن تم کل سویرے چلی جاؤ گی تو ہم تمہیں یاد کیسے کریں گے؟ ہمیں تو یہ بھی نہیں معلوم تم کون ہو۔ کہاں سے آئی ہو؟"

اور اس کا جواب سن کر وہ سب بڑی گہری سوچ میں پڑ گیے۔ اس عورت نے کہا، "میں یہیں تم لوگوں کے پاس رہتی ہوں۔۔۔ میں اِن کھیتوں کے پاس رہتی ہوں جہاں لکھو بھیا کے بابا اناج اگایا کرتے تھے اور میں اس کارخانے میں بھی رہتی

ہوں جہاں لکھو بھیا مشینوں سے کپڑا بنتے ہیں۔ جہاں کہیں انسان اپنی محنت سے اپنی ضروریات پیدا کرتا ہے۔ میں وہیں رہتی ہوں اور دیوالی کی رات کو میں ہر اس گھر میں پہنچ جاتی ہوں جہاں ایک چراغ میں بھی مجھے انسانیت اور سچی محبت جھلملاتی ہوئی دکھائی دیتی ہے۔"

تھوڑی دیر جھونپڑی میں سناٹا رہا۔ اب اس اکلوتے ننھے سے دیے کی روشنی اتنی تیز ہوگئی تھی کہ جھونپڑی کا کونا کونا جگمگا اٹھا تھا اور دور سیٹھ لکشمی داس کے محل میں اندھیرا چھا گیا تھا۔ شاید کرنٹ اور جنریٹر دونوں فیل ہوگیے تھے اور بابو لکشمی کانت کی بالکنی کے سارے دیے بھی تیل ختم ہو کر بجھ گیے تھے۔

"دیوی!" گنگا نے ڈرتے ڈرتے پوچھا، "تمہارا نام کیا ہے؟"

اور اس عورت نے مسکرا کر جواب دیا، "لکشمی۔"

***

۲

تین بھنگی

مدھیہ پردیش کی سرکار نے اعلان کیا ہے کہ جو بھی اونچی ذات والا کسی میونسپلٹی میں بھنگی کا کام کرنا منظور کرے گا اسے تنخواہ کے علاوہ نوے روپے ماہوار اسپیشل الاؤنس بھی دیا جائے گا۔ یہ فیصلہ چھوت چھات دور کرنے کی غرض سے کیا گیا ہے۔

(بھوپال کی خبر)

ابھی سورج نہیں نکلا تھا کہ میونسپلٹی کے وارڈ نمبر تیرہ کے تینوں نئے بھنگی اپنی اپنی جھاڑوئیں ٹوکریاں لیے ڈیوٹی پر آ گئے۔

سینیٹری انسپکٹر نے اپنے رجسٹر پر نظر ڈالتے ہوئے بھنگیوں کے جمعدار سے پوچھا، "کیوں تمہارے تینوں بھنگی حاضر ہیں؟"

"جی ہاں حاضر ہیں۔" بھنگیوں کے جمعدار نے جواب دیا اور ثبوت کے لیے اسی وقت حاضر لے ڈالی۔

"پنڈت کرپارام حاضر؟"

"حاضر۔"

"بابو کالی چرن حاضر؟"

"حاضر۔"

"شیخ رحیم الدین حاضر؟"

"حاضر۔"

سینیٹری انسپکٹر سائیکل پر بیٹھ کر دوسرے علاقوں کا معائنہ کرنے چلا گیا اور جاتے جاتے جمعدار سے کہہ گیا، "تو اِن رنگروٹوں کو کام سکھانا تمہارے ذمے ہے۔" جمعدار کے باپ دادا سات پیڑھیوں سے اسی قصبے میں بھنگی کا کام کرتے آئے تھے اور وہ خود میونسپلٹی میں بیس برس نوکری کرنے کے بعد جمعدار کے عہدے تک پہنچا تھا۔

سینکڑوں بھنگیوں نے اس کی ماتحتی میں کام کیا تھا۔ لیکن کئی برس سے نہ جانے اس کی جات برادری والوں کو کیا ہو گیا تھا کہ وہ اپنے باپ دادا کے پیشے سے کترانے لگے تے۔ نوجوان تو اسکول میں چار جماعتیں پڑھ کر جھاڑو ہاتھ میں لینا پاپ سمجھتے تھے۔ کتنے ہی پاس کے شہر میں شکر کے کارخانے میں نوکر ہو گئے تھے۔ ایک نے ناجائز شراب بنانے کا دھندا چالو کر دیا تھا۔ چار لڑکے گھر سے بھاگ کر بمبئی چلے گئے تھے۔ ان میں سے تین تو پھر لاپتا ہو گئے۔ ایک کے بارے میں سنا گیا کہ وہ ایک فلم کمپنی میں اکسٹرا کا کام کرتا ہے اور تاج محل ہوٹل کے پاس والے فٹ پاتھ پر سوتا ہے۔

"بے وقوف۔" جمعدار نے اس چھوکرے کے بارے میں سوچتے ہوئے فیصلہ کیا۔ "پڑھا لکھا بھنگی تو چار پانچ برس میں ہی جمعدار ہو جاتا ہے۔"

پھر اس نے ان تینوں نئے رنگروٹوں پر نظر ڈالی جو اس کے سامنے کھڑے اس کے حکم کا انتظار کر رہے تھے۔

پنڈت کرپارام جو دبلا پتلا تھا اور اس کا سر گنجا تھا اور اس کی آنکھوں پر لوہے کی کمانیوں کا چشمہ لگا ہوا تھا وہ میونسپلٹی کے ہی ایک اسکول میں ماسٹر ہوا کرتا تھا۔ جمعدار اسے اچھی طرح جانتا تھا۔ چار برس ہوئے وہ اپنے بیٹے کو اسکول میں داخل کرنے گیا تھا تو پنڈت کرپارام نے اسے کلاس کے سب لڑکوں سے الگ بیٹھنے کو کہا تھا۔ اس نے کہا تھا، "جمعدار بھئی برا نہ ماننا۔ میں خود تو ذات پات، چھوت چھات کو نہیں مانتا مگر اسکول میں جو بچے پڑھتے ہیں ان کے ماں باپ کے جذبات کا خیال بھی رکھنا ہی پڑتا ہے۔"

سو اب جمعدار نے پوچھا، "کیوں پنڈت۔ یہ آج تمہارے ہاتھ میں جھاڑو کری کیسے آگئی؟"

پنڈت کرپارام نے اپنے چشمے سے جمعدار کو گھورتے ہوئے جواب دیا، "یہ سب کل یگ کی مایا ہے جمعدار۔ پچیس برس سے چھوکرے پڑھا رہا ہوں۔ پھر بھی تنخواہ ستر روپلی ملتی تھی۔ دو دو جوان چھوکریاں گھر میں بن بیاہی بیٹھی ہیں۔ مرتا کیا نہ کرتا۔"

"لو پنڈت جی برا نہ ماننا۔" جمعدار نے پنڈت کے الفاظ چبا کر دہراتے ہوئے کہا، "سامنے والی گلی کی نالیوں کو جھاڑو سے رگڑ کر صاف کر ڈالو۔ مگر جلدی سے پھر چوک والے بم پولیس کی صفائی بھی کرنی ہے۔"

چوک والے بم پولیس کا نام سنتے ہی پنڈت کرپارام کو بے اختیار ابکائی آگئی۔

پاخانے کے ڈھیر میں کلبلاتے ہوئے کیڑے اس کی آنکھوں کے سامنے ناچنے لگے۔ اور خیال ہی سے اس کی ناک میں بدبو کے بھبکے آنے لگے۔ اس نے چپکے سے جھاڑو اٹھائی اور نالی صاف کرنے لگا۔ لیکن جھاڑو اتنی چھوٹی تھی کہ اسے جھک کر دوہرا ہونا پڑا اور اس کی کمر کی بوڑھی اور گھٹیا کی ماری ہڈیاں چرچرانے لگیں۔

اور اب جمعدار شیخ رحیم الدین کی طرف مخاطب ہوا، "کیوں شیخ جی تم کیسے آگئے اور اس دھندے میں؟"

رحیم الدین سر جھکائے مسمی صورت بنائے کھڑا تھا۔ اس لیے کہ اس کے خاندان میں آج تک کسی نے نوکری نہیں کی تھی۔ ہمیشہ زمینداری پر گزر کیا تھا۔ اس کے دادا کی آدھی جائداد ایک گانے والی کی نذر ہوگئی تھی۔ اس کے باپ کسی مہنگی عیاشی کا بار نہیں اٹھاسکتے تھے۔ صرف حقہ پیتے تھے اور اپنی بیٹھک میں دوسرے "اشراف" دوستوں کے ساتھ بیٹھ کر چوسر کھیل لیتے تھے۔ اپنے بیٹے کو انھوں نے گھر میں تھوڑی سی عربی فارسی پڑھوائی تھی اور تین چار برس کے لیے ایک مقامی مسلم اسکول میں انگریزی پڑھنے بھی بھیجا تھا۔ مگر تین سال متواتر فیل ہونے کے بعد نام کٹوالیا تھا اور پھر زمینداری کا خاتمہ ہوگیا تھا اور یہ تاریخی جھٹکا وہ برداشت نہ کرپائے تھے۔ باپ کے انتقال کے بعد زمین کے بدلے جو "بونڈ" ملے تھے انھیں بیچ کر رحیم الدین نے تین مہینے اور کلکتے کے ایک سفر میں ہی خرچ کرڈالا تھا۔ اب اس کے پاس ایک ٹوٹا پھوٹا گھر تھا۔ ایک دادا کے وقت کی زربفت کی شیروانی تھی اور ایک باپ مرحوم کی یادگار حقہ تھا جس کے تانبے کے پیندے پر کھدا ہوا تھا۔ "شیخ کریم الدین رئیس اعظم کُرسی نشین ضلع دربار۔"

"جمعدار صاحب" اس نے خوشامدانہ لہجے میں کہا کہ شاید وہ اسے کوئی ہلکا سا کام دیدے۔ "یہ سب انقلابات ہیں زمانے کے۔ مگر آپ جانتے ہیں ہم مسلمانوں میں تو کوئی چھوت چھات نہیں۔ ہاتھ سے کام کرنا کوئی عیب نہیں۔"

مگر جمعدار کو یاد آگیا کہ جب اس شیخ رحیم الدین کا بیاہ ہوا تھا تو اس کے مرحوم باپ نے کس طرح مہمانوں کے آگے سے بٹورا ہوا جھوٹا کھانا بھنگیوں کو دیا تھا اور جب جمعدار کے بڑے بیٹے نے کہا تھا، "شیخ جی۔ پورے دو دن تمہارے گھر کی صفائی کی ہے۔ مزدوری میں پیسے دو جھوٹا کھانا کیوں دیتے ہو؟" تو بڈھے زمیندار نے اسے مار کے گھر سے نکال دیا تھا اور چلایا تھا، "دیکھتے ہو ان کمینے مردار خوروں کی اب یہ ہمت ہو گئی۔ چاہتے ہیں کہ اشراف انھیں برابر میں بٹھا کر پلاؤ قورمہ کھلائیں۔"

اور سو اب جمعدار نے کہا، "شیخ جی۔ وہ کوڑے کا ڈھیر جو پڑا ہے اسے ٹوکریوں میں بھر بھر کے میونسپلٹی کی گاڑی میں بھر دو۔ پھر تمھیں بھی چوک کا بم پولیس صاف کرنے میں پنڈت جی کا ہاتھ بٹانا ہے۔"

رحیم الدین نے کوڑے کو ٹوکریوں میں بھرنا شروع کیا تو دیکھا اس میں محلے بھر کا جھوٹا کھانا پڑا ہے۔ سڑی ہوئی ترکاری۔ باسی روٹیوں کے ٹکرے انڈوں کے چھلکے۔ گوشت کے چھیچھڑے۔ چچوڑی ہوئی ہڈیاں اور ساتھ ہی میں ایک مردہ چھچھوندر۔ گائے بیلوں کا گوبر۔ بکریوں کی مینگنیاں۔ گلی میں بچوں کا کیا ہوا پاخانہ اور جیسے جیسے کوڑے کا ڈھیر چھوٹا ہوتا جا رہا تھا اس کی بدبو کے بھپکے اور تیز ہوتے جا رہے تھے۔ یہاں تک کہ بھپکے کے ساتھ رحیم الدین کو اپنی کی ہوئی قے کو بھی زمین پر سے صاف کرنا پڑا۔

اب صرف ایک بھنگی رہ گیا تھا۔ کالی چرن۔ مگر اسے جمعدار نہیں پہچانتا تھا۔

"بابو کالی چرن۔ کہاں سے آئے ہو؟ میں نے تمھیں پہلے کبھی نہیں دیکھا۔"

"جمعدار صاحب۔ میں اس قصبے کا نہیں ہوں۔ بکرم پور سے آیا ہوں۔"

جمعدار نے دیکھا کہ سورج کافی اونچا اٹھ آیا ہے۔ اب ادھر ادھر کی باتیں کرنے کا وقت نہیں۔ سو اس نے کہا، "بابو کالی چرن۔ جاؤ پہلے رحیم الدین کا ہاتھ بٹاؤ۔ پھر پنڈت کے ساتھ مل کر نالیوں کو اچھی طرح دھو کر صاف کرواؤ۔"

"بابو کالی چرن۔" جمعدار نے دل ہی دل میں تیسرے بھنگی کا نام دہرایا اور سوچا، "کوئی کائستھ وائستھ معلوم ہوتا ہے۔ چنگی میں منشی ہوگا یا ہوسکتا ہے کسی چھوٹے موٹے اسکول میں ماسٹر ہی ہو۔ بھائی کی بابوگیری ابھی نکل جائے گی۔ بڑا آیا بابو کالی چرن کہیں کا۔ لیکن اسی لمحے اس نے دیکھا کہ کالی چرن بڑی پھرتی سے کام کر رہا ہے۔ تین ہی پھیروں میں کوڑے کا سارا ڈھیر اس نے گاڑی میں بھر دیا ہے اور اب زمین پر چپکے ہوئے کوڑے کو ٹین کے ایک ٹکڑے سے کھرچ کر صاف کر رہا ہے اور پھر اس نے میونسپلٹی کے ایک نل سے ٹین کا کنستر بھرا اور پانی کو نالی میں بہا کر جھاڑو سے رگڑنا شروع کیا بالکل جیسے کیسے تجربہ کار پرانے بھنگی کو کرنا چاہیے۔ جمعدار کو یاد آگیا کہ جب وہ جمعدار نہیں ہوا تھا تو وہ خود بھی اسی طرح پھرتی اور صفائی سے کام کیا کرتا تھا۔ اور یہ سوچ کر وہ کالی چرن کے بارے میں شبہ میں پڑ گیا۔

"اے بابو اِدھر آؤ۔" اس نے آواز دی اور کالی چرن کو گلی کے ایک کونے میں لے گیا۔

"کیا ہوا جمعدار۔ میرے کام سے خوش نہیں ہو کیا؟"

"تمہارا نام کیا ہے؟"

"کالی چرن۔"

"ذات۔"

"کائستھ۔"

"کون سے کائستھ ہو؟"

"جی۔۔۔ وہ سکسینہ ہیں ہم لوگ۔"

"پہلے کیا کام کرتے تھے؟"

"جی وہ۔ بکرم پور میونسپلٹی میں کام کرتا تھا۔"

"کون سے محکمے میں؟"

"جی۔۔۔ وہ یوں سمجھیے کہ صفائی کے محکمے میں تھا۔"

"ہاں تو ذات کیا کہی تھی تم نے؟"

"جی۔۔۔ کائستھ۔"

"تم جھوٹ بولتے ہو۔"

"جی؟"

"تم بھنگی ہو۔۔۔ جیسے میں بھنگی ہوں۔"

"آہستہ بولو۔ جمعدار۔" کالی چرن ہاتھ جوڑ کر بولا، "کوئی سن لے گا۔"

"شرم کی بات ہے۔ نوّے روپے کی خاطر تم نے اتنا بڑا جھوٹ بولا۔ اپنی برادری کو ٹھکرا دیا۔"

"کیا کروں جمعدار۔ بیٹے کو پڑھا رہا ہوں۔ چالیس روپے مہینے میں اس کا خرچہ کہاں سے دوں۔ تمہاری کرپا رہی تو وہ کالج تک پڑھ جائے گا۔"

"اچھا۔" جمعدار کچھ سوچ کر بولا دھیرے سے، "مگر ایک شرط ہے۔"

"جو تم کہو جمعدار۔ تم مالک ہو۔"

"آئندہ پھر کبھی ایسی پھرتی اور صفائی سے کام نہ کرنا نہیں تو پکڑے جاؤ گے؟" اور پھر وہ چلا کر بولا، "کالی چرن۔ تم بابو ہوگے تو اپنے گھر کے ہوگے۔ بھنگی کا کام کرنے آئے ہو تو بھنگی کی طرح کرنا پڑے گا۔ نوّے روپے اسپیشل الاؤنس لیتے ہو۔۔۔"

اب وہ تینوں بھنگی گلی میں جھاڑو دے رہے تھے اور جمعدار اپنی مونچھوں پر تاؤ دے رہا تھا۔

٭٭٭

۳

ایک لڑکی سات دیوانے

لڑکی جوان ہو گئی تھی۔

لوگ کہتے تھے لڑکی خوبصورت ہے، چنچل ہے، طرح دار ہے، دنیا اس کی دیوانی ہے، ہر کوئی اس کی خاطر جان دینے کو تیار ہے۔

ساتھ میں لڑکی گنی بھی تھی۔ پڑھی لکھی تھی۔ دنیا بھر کی زبانیں جانتی تھی۔ ملٹن اور شیلی، ٹیگور اور قاضی نذرالسلام، سبرامنیم بھارتی اور نرالا، جوش اور فیض کی نظمیں اسے زبانی یاد تھیں۔ لنکن اور گیری بالڈی، زدلا اور مارکس، اینجلز اور لینن، گاندھی اور جواہر لال نہرو کی کتابیں پڑھے ہوئے تھی۔ اس کی زبان میں جادو تھا۔ اس کی ایک آواز پر لاکھوں کروڑوں مرنے مارنے کو تیار ہو جاتے تھے۔

جب اس کی پچیسویں سال گرہ قریب آئی تو سب نے کہا کہ اب تو لڑکی کو گھر بسانا چاہیے۔ بچپن کا لاابالی پن کب تک چلے گا۔ دنیا کے لوگ انگلیاں اٹھا رہے ہیں۔ جتنے منہ اتنی باتیں، پچیس برس کی لڑکی کو یونہی واہی تباہی نہیں گھومنا چاہیے۔ آج اس کے ساتھ کل اس کے ساتھ۔ اب تو اسے ایک کو پسند کر کے اسے شریکِ زندگی بنا چاہیے۔

ہر سو اعلان ہو گیا کہ لڑکی اپنا شریک زندگی چنے گی۔ جتنے اس کے چاہنے والے ہیں سب سوئمبر کے لیے اکٹھے ہو جائیں۔ جس خوش قسمت کو وہ اس قابل سمجھے گی، اس کے گلے میں جے مالا ڈالے گی۔

یوں تو کون لڑکی کا دلدادہ نہیں تھا، مگر ان سب میں سات ایسے تھے جو اس پر دل و جان سے فدا تھے اور اس کو اپنانا چاہتے تھے، اپنی بنانا چاہتے تھے۔ ہر ایک کا دعویٰ تھا کہ لڑکی اس کو پہلے سے ہی پسند کر چکی ہے۔ صرف دنیا کے سامنے اقرار کرنے کی ضرورت ہے۔

پہلے تو ایک صاحب سامنے آئے۔ "مجھے دھرم دیو کہتے ہیں۔" انھوں نے اپنا تعارف کرایا۔ لمبے چوڑے۔ اونچا ماتھا۔ سر پر لمبے لمبے بال۔ گیروے رنگ کا سلک کا لمبا کرتا اور دھوتی پہنے ہوئے۔ پیچھے پیچھے چیلوں اور چیلیوں کا ایک گروہ کیرتن کرتا، کھڑتالیں بجاتا ہوا۔ "دھرم دیو کی جے" کے نعرے لگاتا ہوا۔

"بالِکا" انھوں نے لڑکی کو مخاطب کر کے کہا، "اگر تم مایا موہ کے جال سے نکلنا چاہتی ہو تو مجھے اپنا لو، دھرم دیو بلکہ دھرم کی شرن میں آجاؤ۔ اور لوگ جو کچھ تمھیں دے سکتے ہیں۔ پریم، دھن، دولت، عیش و عشرت۔ وہ سب میں بھی تمھیں دے سکتا ہوں۔ مگر ساتھ میں تمھیں مکتی بھی پراپت ہو گی۔ جو تمھیں اور کوئی نہیں دے سکتا۔ کیا جواب ہے تمہارا، بالِکا؟"

لڑکی نے جواب دیا، "مہاراج من تو چاہتا ہے جیون آپ کے چرنوں میں ہی بِتادوں، مگر اوروں سے بھی مل لوں، ان کی بھی سُن لوں پھر جواب دوں گی۔"

دھرم دیو نے ہاتھ اٹھا کر لڑکی کو آشیرواد دیا اور کہا، "کوئی چنتا نہ کرو، بالِکا۔ تم

بے شک اوروں سے ملو، ان کو بھی پرکھو، مگر تمہارے بھاگیہ میں میرا جیون ساتھی بننا ہی لکھا ہے۔"

لڑکی نے نظریں جھکا کر کہا، "جو بھاگیہ میں لکھا ہے وہ تو ہو گا ہی مہاراج۔"

اس کے بعد مہاراجا مان سنگھ شان سنگھ کی سواری آئی۔ زرق برق شاہانہ لباس۔ سفید گھوڑے پر سوار، کمر میں تلوار بندھی ہوئی راجپوتی شان کی بڑی بڑی مونچھیں۔ ان کے جلوس میں کتنے ہی غلام، باندیاں، لونڈیاں، گانے والیاں ناچنے والیاں، طبلہ بجانے والے، سارنگی بجانے والے۔

گھوڑا روک کر انھوں نے لڑکی سے کہا، "اے سندری۔ آؤ اور میرے راج محل کی شوبھا بڑھاؤ۔ میں تمھیں مہارانی بنا کر رکھوں گا۔"

لڑکی نے جواب میں کہا، "مہاراج کی جے ہو۔ لگتا ہے آپ نے آنے میں دیر کر دی میں نے تو سنا کہ آپ کی پریوی پرس بند کر دی گئیں، آپ کے خاص حقوق ختم کر دیے گئے ہیں۔ پھر آپ کی پہلے ہی بہت سی بیویاں ہیں۔ کیا آپ ایک اور بیوی کا خرچہ برداشت کر سکیں گے؟"

مہاراجا نے مونچھوں کو تاؤ دے کر کہا، "سندری تم چنتا نہ کرو۔ پریوی پرس کے بند ہو جانے کے بعد بھی میرے پاس اتنا کچھ ہے کہ سینکڑوں برس تک نہ صرف میں اور تم اور میری سب رانیاں بلکہ سب رانیوں سے میری اولاد اتنے ہی شان اور اتنے ہی آرام سے رہ سکتی ہے جس آرام اور جس شان سے میں رہتا ہوں۔ میں تمھیں یقین دلاتا ہوں کہ ہمارا دور ابھی ختم نہیں ہوا۔ پہلے میرے پاس کروڑوں ایکڑ بنجر زمین تھی۔ رعایا کی دیکھ بھال کرنے کا دردِ سر تھا۔ اب میرے پاس ہزاروں

ایکڑ کا فارم ہے جہاں ٹریکٹر چلتے ہیں۔ شراب بنانے کی فیکٹری میں میرے حصے ہیں۔ موٹروں کے کارخانے میں میری ساجھے داری ہے۔ میری آمدنی پہلے سے کہیں زیادہ ہے۔ تمھیں آج بھی ہیرے جواہرات سے لاد سکتا ہوں۔"

"مہاراج سے یہی امید ہے۔" لڑکی نے کہا، "مگر جہاں اتنا انتظار کیا ہے تھوڑا اور انتظار کیجیے۔ میں یقین دلاتی ہوں کہ فیصلہ ہونے سے پہلے جے مالا کے پھول باسی نہ ہونے پائیں گے۔"

اس کے بعد ایک بڑی شاندار، لمبی چوڑی امپالا موٹر آکر رُکی۔ اس پر سیٹھ کروڑی مل پکوڑی مل براجمان تھے۔ موٹر پھولوں کی جھالروں سے سجی ہوئی تھی کیونکہ سیٹھ صاحب تو لڑکی کے ساتھ سات پھیرے کروانے کا فیصلہ کرکے ہی گھر سے نکلے تھے۔

موٹر کا دروازہ کھلا اور سیٹھ صاحب سہرا لگائے اپنی توند سنبھالتے ہوئے نیچے اترے۔

"لڑکی،" انھوں نے دیکھتے ہی کہا، "تو تومھاری ساتھ آجا۔ پنڈت پروہت سب کا پربندھ کروا رکھا ہے میں نے ایک بار میری ہوگئی تو تیری ایسی حفاظت کروں گا جیسی اپنی تجوریوں کی کرتا ہوں۔ بلکہ تجوری ہی میں بند کرکے رکھ دوں گا، کوئی سدا تیری طرف آنکھ اٹھا کر بھی نہیں دیکھ سکے گا۔ ہاں!"

"ایسی بھی کیا جلدی ہے سیٹھ صاحب۔" لڑکی نے بڑے انداز سے مسکرا کر کہا، "آپ کے تو مجھ پر ہی بڑے احسان ہیں۔"

"ہیں تو" سیٹھ جی بولے، "میں نہ ہوتا تو تجھے کون جانتا۔ جنم سے لے کر آج

تک تیرا خرچہ کس نے اٹھایا ہے؟ میں نے۔ تیرے سولہ سنگار کس کے پیسے سے ہوئے؟ میرے؟ تیرے کپڑے لتے۔ یہ سارا تیرا تام جھام کس کے پیسے سے آیا؟ ساڑھیاں چاہییں؟ پوری ریشمی ساڑھیوں کی دکان ہی گھر بھجوادوں گا۔ تین کوٹھیاں ہوں گی تیرے واسطے۔ ایک دلّی میں، ایک بمبئی میں، ایک مسوری میں۔ اور تین موٹریں۔۔۔"

لڑکی نے کہا، "یہ سب تو مہاراجا مان سنگھ شان سنگھ بھی دینے کو کہہ رہے ہیں!"

"ارے وہ راجا کیا کھا کے میرا مقابلہ کرے گا۔ میرے ہی کارخانوں میں تو چھوٹا موٹا حصہ ہے اس کا۔ اب اس کی شان دیکھنے ہی دیکھنے کی رہ گئی ہے۔ اصل تو مہارے پاس ہے۔ اصل مال اور اصلی طاقت بینک، کارخانے، انگریزی ہندی کے بڑے بڑے اخبار اور چھاپے خانے، افسر، منسٹر، سب میری جیب میں ہیں۔ حکم دوں تو ساری دنیا میں تیری سندرتا کے چرچے ہوں گے اور اگر الٹا حکم دیدوں تو کوئی تیرا نام بھی نہ جانے گا۔ یہ ہے مھاری شکتی۔ یہ کہہ دے اپنے سب چاہنے والوں سے۔ جی چاہے تو طاقت آزما کے دیکھ لیں!"

"سیٹھ جی" لڑکی نے اٹھلا کے کہا، "بھلا کس کی ہمت ہے کہ آپ کا مقابلہ کرسکے؟ بس ذرا سی دیر کی بات ہے۔ پھر آپ کو کیا فکر ہے۔ آپ کے سر تو سہرا پہلے ہی بندھا ہوا ہے۔"

کروڑی مل پکوڑی مل اپنی موٹر میں جابیٹھے۔ دروازہ بند کرلیا۔ موٹر روانہ ہوگئی اور پھولوں کی جھالروں کے پردے میں چھپ کر انھوں نے اپنا بیگ کھولا اور ہزار

ہزار روپے کے نوٹوں کے پلندوں کو گننا شروع کر دیا۔

اب پگڑ باندھے ایک ہٹا کٹا نوجوان آیا جو ایک ٹریکٹر پر سوار تھا۔ لڑکی کے سامنے آتے ہی دس دس کے نوٹوں کا بنڈل نکالا اور لڑکی کے سر پر سے وار کر ادھر ادھر پھینکنے لگا۔ اڑوس پڑوس کے چھوکرے، لوفر، لفنگے سب دوڑ دوڑ کر نوٹ بٹورنے لگے۔

"یہ کیا کر رہے ہو؟" لڑکی نے بظاہر کسی قدر بگڑ کر (مگر دل ہی دل میں خوش ہو کر) کہا، "لگتا ہے تمھیں روپے کی قدر نہیں ہے؟"

نوجوان جس کا نام "دھرتی پتی کرلاک" تھا۔ ایک بے باک اور نودولیتے انداز میں بولا، "میری جان قدر کیوں نہیں ہے؟ روپے کی قدر کرتا ہوں تب ہی تو تم پر سے نچھاور کر رہا ہوں۔ تمھاری قدر و قیمت کوئی میرے دل سے پوچھے۔ ہائے!" اور یہ کہہ کر اس نے نہایت بے شرمی سے ایک آنکھ بند کر کے منہ میں انگلی ڈال کر لوفروں کی طرح سیٹی بجائی۔

لڑکی نے بھی بے باکی سے جواب دیا، "تم کیا۔ یہاں جو ہے وہ میرا دیوانہ ہے! دھرم دیو ہوں یا راجا مان سنگھ شان سنگھ ہوں یا سیٹھ کروڑی مل ہوں۔ ایک سے ایک بڑھ کر قیمت لگا رہے ہیں میری! تم بھی بولی لگاؤ۔"

"وہ تو میں لگاؤں گا ہی، میری جان۔" دھرتی پتی کولاک نے کہا، "یہ سب تو اگلے وقتوں کے لوگ ہیں، بڈھے کھوسٹ۔ میں ہوں ایک تمھاری عمر کا۔ جب تم پیدا ہوئی ادھر میں پیدا ہوا۔ تمہارے ساتھ ہی کھیل کود کر میں جوان ہوا۔ پُرانے جاگیرداروں کی جاگیریں تم نے مجھے دیں۔ زمینداروں کی زمینداری ختم کر کے تم

نے مجھے زمینیں الاٹ کیں۔ میں تو جو کچھ بھی ہوں تمہارا ہی بنایا ہوا ہوں۔ تم نہ ہوتیں تو مجھے کون پوچھتا اور میں نہ ہوتا تو تمہارا اس دنیا میں کون ہوتا۔ بولو۔ تم میری ہو اور میں تیرا، میری جان! ایک دفعہ بس ہاں کہہ دو پھر دیکھو۔ کس دھوم دھام سے بیاہ رچاتا ہوں۔ ہماری شادی کی دعوت میں تو کم سے کم ایک لاکھ آدمی کھانا کھائیں گے۔"

"ایک لاکھ؟" لڑکی نے تعجب سے کہا، "اتنے آدمیوں کے لیے اتنا چاول، اتنا گھی، اتنی شکر کہاں سے آئے گی؟"

"وہ سب میرے لیے بائیں ہاتھ کا کھیل ہے۔ تمہاری سلامتی چاہیے۔ میرے فارم میں کسی چیز کی کمی نہیں ہے۔ اپنی بہن کی شادی میں میں نے تین ہزار مہمان بلائے تھے۔ وہ بھی معمولی مہمان نہیں ایک سے ایک بڑا افسر اور منسٹر تھا! جس دن تمھیں بیاہ کے لے جاؤں گا اس دن تو میں دودھ، دہی، گھی اور شراب کے دریا بہادوں گا، دریا!"

"وہ تو مجھے معلوم ہے،" لڑکی نے ہلکی سی مسکراہٹ کے ساتھ کہا، "مگر تھوڑی دیر انتظار کرنا پڑے گا۔"

"جیسا تمہارا حکم" دھرتی پتی کولاک نے ٹریکٹر کو اسٹارٹ کرتے ہوئے کہا، "میرا تمہارا تو جنم جنمان کا رشتہ ہے!"

اب ایک اور امیدوار آئے اور بڑی شان سے آئے۔ آگے آگے لال پٹیاں باندھے ہوئے چپراسیوں کی ہراول فوج، پیچھے ایک لمبا چوڑا تخت جسے ایک سو ہیڈ کلرک اپنے سروں پر اٹھائے لا رہے تھے۔ تخت پر قالین، قالین پر ایک بہت بڑی

میز جس پر پانچ ٹیلی فون رکھے ہوئے تھے اور نوٹوں کی گڈیوں پر سونے چاندی کے پیپر ویٹ رکھے ہوئے تھے کہ وہ ہوا میں اڑ نہ جائیں۔ کرسی پر مسٹر "دفتر شاہی افسر" گلابند کوٹ اور پتلون پہنے اکڑے ہوئے بیٹھے تھے۔

کلرکوں نے تخت لڑکی کے عین سامنے لاکر رکھ دیا کیونکہ مسٹر دفتر شاہی افسر کی گردن اکڑی ہوئی تھی۔ وہ لڑکی کو صرف اس وقت دیکھ سکتے تھے جب وہ عین ان کی نظروں کے سامنے ہو۔

مسٹر دفتر شاہی افسر کے ایک سب اسسٹنٹ ڈپٹی سکریٹری نے لڑکی سے آکر کہا، "آپ کو صاحب سے بات کرنی ہے؟"

لڑکی نے بڑی شانِ بے نیازی سے کہا، "اگر وہ بات کرنا چاہیں تو بات کر سکتی ہوں۔"

"ٹھیک ہے،" سب اسسٹنٹ ڈپٹی سکریٹری نے ہاتھ پھیلاتے ہوئے کہا، "لائیے پانچ ہزار روپے دلوائیے۔ صاحب کا وقت بڑا قیمتی ہے۔ پانچ منٹ کی ملاقات کرائے دیتا ہوں۔"

لڑکی نے غصے سے کہا، "صاحب جائے تمہارا چولھے میں میری جوتی اس سے بات کرنا چاہتی ہے!"

"سیکشن کلرک!" سب اسسٹنٹ ڈپٹی سکریٹری نے آواز دی اور کہا، "جاؤ صاحب سے کہہ دو کہ لڑکی اس قابل نہیں ہے کہ اسے کوئی پرمٹ یا لائسنس دیا جائے۔ انٹرویو بھی دیا تو وقت ضائع ہوگا۔"

"ایڈیٹ" دفتر شاہی افسر چلایا، "بات کرنے کی تمیز نہیں۔ سب کو ایک ہی

لاٹھی سے ہانکتے ہیں! نکل جاؤ یہاں سے۔ ہم اس لیڈی سے اکیلے میں بات کرتے ہیں۔"

جب وہ دونوں اکیلے رہ گئے تو دفتر شاہی افسر نے اپنی ٹیڑھی گردن کا پینچ ڈھیلا کرتے ہوئے کہا، "ڈارلنگ!"

لڑکی نے بڑے طنز بھرے لہجے میں جواب دیا، "کیوں خیریت تو ہے، آج تو بڑے پیار کا اظہار کر رہے ہو۔ انگریزوں کے زمانے میں تو تم مجھے گولی مار دینا چاہتے تھے!"

"پرانی باتوں کو بھول جاؤ، ڈارلنگ۔ آج کی بات کرو میں پچیس برس سے تمہاری سیوا کر رہا ہوں۔"

"میری سیوا؟" لڑکی نے پوچھا، "یا اپنی سیوا؟"

"وہ ایک ہی بات ہے ڈارلنگ۔ میں اور تم الگ الگ تھوڑا ہی ہیں۔ تم میرے لیے بہت لکی ثابت ہوئی ہو۔ پہلے میری اوپر کی آمدنی پانچ چھ سو روپے تھے اب پانچ ہزار روپے مہینہ ہے۔ کبھی کبھی تو بھگوان پرمٹ کا چھپر پھاڑتا ہے تو اس میں سے لاکھوں روپے مل جاتے ہیں۔ یہ سب تمھاری ہی برکت ہے، تمہاری ہی دین ہے!"

"پھر اب کیا چاہتے ہو؟" لڑکی نے پوچھا، "تم تو میرے بغیر بھی مزے کر رہے ہو!"

"نہیں ڈارلنگ۔ تمہارے بغیر نہیں، تمہاری وجہ سے مزے کر رہا ہوں۔ تم ہمیشہ کے لیے میری ہو جاؤ گی تو ہم دونوں عیش کریں گے۔"

"اچھا!" لڑکی نے بے دلی سے کہا، "تو کچھ دیر اور انتظار کرو۔"

"تمہاری خاطر یہ بھی کرلوں گا، ڈارلنگ۔" دفتر شاہی افسر صاحب نے اپنے کلرکوں کو واپس بلاتے ہوئے کہا، "ورنہ میں تو اور سب کو انتظار کراتا ہوں۔ میں کسی کا انتظار نہیں کرتا!"

اب ایک نئے ڈھنگ کی برات آئی۔

آگے آگے بینڈ۔ آدھا بینڈ انگریزی باجے بجا رہا تھا۔ آدھا ہندستانی ایک طرف وائلن۔ دوسری طرف سارنگیاں۔ ایک طرف طبلے دوسری طرف بونگو اور کیٹل ڈرم۔

دولہا ننگے پاؤں مگر پتلون پہنے ہوئے۔ پتلون کے اوپر جوگیا رنگ کا سلک کا کرتا۔ سر پر ہیٹ۔ ایک پاؤں کار میں دوسرا چھکڑے میں۔

برات لڑکی کے سامنے آکر رُک گئی۔ دولہا نے اپنا تعارف کرایا۔ "مجھے نیتا خاں بھارت سیوک انڈیا والا کہتے ہیں۔ ہم آپ کے پرانے چاہنے والوں میں ہیں۔ سوچا آج سات پھیرے بھی ہو جائیں۔ نکاح بھی پڑھوا لیں اور رجسٹرار کے دستخط بھی ہو جائیں۔"

"یعنی ایک چھوڑ تین تین ڈھنگ کی شادیاں۔" لڑکی نے حیرت سے کہا۔

"جی ہاں۔ انڈیا یعنی بھارت یعنی ہندوستان کی مکسڈ اکانومی میں ایسا ہی ہونا چاہیے۔"

"یہ آپ کو کیسے خیال ہوا کہ میں آپ سے شادی کرلوں گی؟" لڑکی نے پوچھا۔

"شادی تو ایک طرح سے ہماری آپ کی ہو چکی ہے۔" نیتا خاں بھارت سیوک انڈیا والا نے کہا۔ کیا ہماری قربانیوں کو آپ نے بھلا دیا ہے؟ ہمارے خون سے ہی

آپ کی مانگ میں سندور بھرا گیا تھا، آپ کے ہاتھ پاؤں میں سہاگ کی مہندی لگی تھی!"

"اس کا بدلہ بھی میں نے چکادیا تھا۔" لڑکی نے کہا، "برسوں میں نے آپ کی عنایات کے بدلے میں آپ کی سیوا کی ہے۔ کیا آپ ہمیشہ کی غلامی کرانا چاہتے ہیں؟"

"آپ بھی کیسی باتیں کرتی ہیں؟" نیتا خاں بھارت سیوک انڈیا والا نے کہا، "غلامی نہیں یہ تو بھارتیہ استری کا دھرم ہے کہ اپنے پتی کی سیوا کرے۔ پھر ہمارا آپ کا سمبندھ تو پُرانا ہے۔ ہم نے ہی آپ کو یہ رنگ روپ، یہ نکھار، یہ انداز دیا۔ بدلے میں کیا آپ کا فرض نہیں ہے کہ آپ ہماری اور صرف ہماری ہو کر رہیں؟"

لڑکی نے بہ ظاہر لاجواب ہو کر کہا، "تب تو آپ کو بھی کچھ دیر انتظار کرنا پڑے گا۔ مجھے فیصلہ کرنے میں تھوڑا وقت لگے گا۔"

اس کے بعد یکا یک ایک بہت بڑا دھماکہ ہوا۔ کئی بم ایک ساتھ پھٹے، دھواں ہٹا تو دیکھا کہ نوجوان موٹر سائیکل پر سوار چلا آرہا ہے۔

"لڑکی!" اس نے موٹر سائیکل روکتے ہوئے ڈانٹ کر پوچھا، "کیا تو ہی وہ لڑکی ہو؟"

"جی ہاں"، لڑکی نے ڈرتے ہوئے کہا۔

"ویری گڈ، میرا نام ہے کرانتی کاری پورکر۔ چنگ۔ پانگ۔ ناؤ۔ ناؤ۔ پاؤ۔ پاؤ۔"

"جی؟" لڑکی نے تعجب کا اظہار کیا۔

"اس کا مطلب ہے لال سلام۔ کیا تم چنگ پانگ نہیں سمجھتیں؟"

"جی نہیں۔" لڑکی نے اقرار جرم کیا۔

"کوئی بات نہیں۔ لال کتاب تمھیں سب پڑھادے گی، سب سمجھادے گی۔ تو تم مجھ سے شادی کے لیے تیار ہو؟" کرانتی کاری پور کرنے سوال کیا۔

"مگر" لڑکی نے کہا، "میں تو سمجھتی تھی آپ شادی کے خلاف ہیں۔"

"بالکل غلط۔ وہ امریکی بورژوا اور روسی Revisionist ہیں جو شادی کے خلاف ہیں۔" اور پھر جیب سے لال کتاب نکال کر اس کا ایک ورق پلٹتے ہوئے بولا، "کتاب کہتی ہے شادی کرو۔ بہت سے بچے پیدا کرو تاکہ انقلاب کے سپاہیوں کی تعداد بڑھے۔ تم فیملی پلاننگ جیسے بورژواڈھکوسلوں میں تو وشواس نہیں رکھتیں؟"

لڑکی نے جھجکتے ہوئے کہا، "مگر ملک کی آبادی تو خطرناک حد تک بڑھتی جارہی ہے۔"

"یہ سب بورژوا لوگوں اور سامراجی ایجنٹوں کا پروپیگنڈا ہے تاکہ کرانتی کاریوں اور انقلاب کے سپاہیوں کی تعداد نہ بڑھے۔"

"شادی کے بعد کیا ہوگا؟" لڑکی نے پوچھا۔

کرانتی کاری پور کرنے کہا، "سرخ سویرا آئے گا۔ مشرق کی کوکھ سے لال سورج نکلے گا۔ مغرب میں اندھیرا چھاجائے گا۔ تمھاری گودی میں سینکڑوں، ہزاروں، لاکھوں بچے کھیلیں گے۔"

"مگر ان سب کو ہم کھلائیں گے کیسے؟" لڑکی نے ڈرتے ڈرتے پوچھا۔

"نیتا سب کا پالن ہار ہے۔"

"تب تو تھوڑی دیر انتظار کرو۔ میرے لال ساتھی؟ لڑکی نے ٹھنڈی سانس بھرتے ہوئے مسکرا کر کہا۔ اور کرانتی کاری پور کر بولا، "میں انتظار نہیں کر سکتا۔ مگر تمہاری خاطر یہ بھی سہی۔" اس نے کہا اور ایک ہینڈ گرینیڈ کے دھماکے کے ساتھ اس کے دھوئیں میں گم ہو گیا۔

لڑکی ابھی فیصلہ نہ کرپائی تھی کہ اِن امیدواروں میں سے کسے اپنائے کہ ایک طرف سے بھاگتا ہوا ایک نوجوان آیا۔ میلے کھدر کا کرتا پاجامہ پیوند لگا چپل جو دوڑنے میں بالکل ٹوٹ گیا تھا۔ دو تین دن کی داڑھی بڑھی ہوئی۔ اس کے پیچھے پیچھے ایک پوری فوج دوڑتی ہوئی۔ ان میں دھرم دیو، راجا مان سنگھ شان سنگھ، سیٹھ کروڑی مل پکوڑی مل، دھرتی پتی کولاک، مسٹر دفتر شاہی افسر، کرانتی کاری پور کر اور نیتا خاں بھارت سیوک انڈیا والا اور ان کے حالی موالی سب تھے اور سب چلاّ رہے تھے۔

"مارو۔۔۔مارو۔"

"پکڑو ساتھیو، بچنے نہ پائے۔"

"یہ چور ہے۔"

"یہ ڈاکو ہے۔"

"یہ گنڈا ہے۔"

"یہ موالی ہے۔"

"یہ چار سو بیس ہے۔"

"یہ مسلمان ہے۔"

"یہ کرسٹان ہے۔"

"یہ انقلابی ہے۔"

"یہ کرانتی کاری ہے۔"

"یہ کرانتی کاری وِرودھی ہے۔ انقلاب دشمن ہے۔"

دوڑتا دوڑتا، ہانپتا کانپتا نوجوان لڑکی کے سامنے آکر کھڑا ہو گیا۔

"لڑکی اب تم ہی مجھ کو بچا سکتی ہو۔"

لڑکی نے پوچھا، "تم کون ہو؟"

نوجوان نے کہا، "میں نہ چور ہوں، نہ ڈاکو، نہ موالی، نہ گنڈا، نہ کرانتی کاری، نہ کرانتی وِرودھی۔ میں ایک سیدھا سادا انسان ہوں جو آزادی اور انسانیت کی تلاش میں مارا مارا پھر رہا ہے اور جس کا پیچھا یہ سب کر رہے ہیں۔ بھاگتے بھاگتے میں تھک چکا ہوں۔ مروں گا تو نہیں کیونکہ سخت جان ہوں لیکن مجھے لگتا ہے، انسانیت میں، آزادی میں وِشواس ہمیشہ کے لیے کھو دوں گا۔"

"میری طرف دیکھو۔" لڑکی نے کہا، "مجھے پہچانتے ہو؟"

تھکے ہارے نوجوان نے لڑکی کی آنکھوں میں آنکھیں ڈال کر دیکھا۔ آہستہ آہستہ اس کی بجھی ہوئی آنکھوں میں ایک نئی چمک، امید کی ایک نئی لہر ابھر آئی۔

اس نے آہستہ سے سر ہلا کر کہا، "اب پہچان گیا۔"

اتنے میں جتنے لوگ نوجوان کا پیچھا کر رہے تھے وہ سب لڑکی کے سامنے آکر کھڑے ہو گئے اور نوجوان کی طرف اشارہ کرتے ہوئے چلانے لگے۔

"یہ چور ہے۔"

"یہ ڈاکو ہے۔"

"یہ گنڈا ہے۔"

"یہ موالی ہے۔"

"یہ چار سو بیس ہے۔"

"یہ ہندو ہے۔"

"یہ مسلمان ہے۔"

"یہ کرسٹان ہے۔"

"یہ انقلابی ہے۔"

"یہ کرانتی کاری ہے۔"

"یہ کرانتی ورودھی ہے۔ یہ انقلاب دشمن ہے!"

اور اب لڑکی نے ان سب کی طرف ایسی نگاہوں سے دیکھا جن میں شعلے بھڑک رہے تھے۔

نوجوان کا ہاتھ اپنے ہاتھ میں پکڑتے ہوئے وہ بولی، "یہ میرا ہے اور میں اس کی ہوں؟ شکر ہے پچیس برس انتظار کرنے کے بعد میں اسے مل گئی ہوں، اور یہ مجھے۔"

اور پھر ان سب کی حیرت بھری آنکھوں کے سامنے لڑکی اور وہ نوجوان دونوں فضا میں تحلیل ہو گئے — اور پھر وہاں نہ دھرم دیو تھا، نہ راجا مان سنگھ شان سنگھ، نہ سیٹھ کروڑی مل پکوڑی مل، نہ دھرتی پین کولاک، نہ مسٹر دفتر شاہی افسر، نہ کرانتی کاری پور کر، نہ نیتا خاں بھارت سیوک انڈیا والا۔ سب نہ جانے کہاں گم

ہو گئے تھے۔ صرف برسات کی ہلکی ہلکی پھوار پڑ رہی تھی اور مشرق میں ایک دھندلا سا سویرا گھنے کالے بادلوں کا دل چیرتا ہوا چلا آرہا تھا۔

یہ پندرہ اگست کی صبح تھی، یہ آزادی کا دُھندلکا تھا۔

***

۴

سلمہ اور سمندر

"سلمہ!"

"ہوں۔۔۔"

"خوش ہو۔۔۔؟"

"ہوں۔"

"کتنی خوش ہو؟"

"اتنی خوش ہوں۔۔۔ اتنی خوش ہوں۔۔۔ کہ بتا نہیں سکتی۔"

اور بڑی بڑی کالی آنکھیں جو کاجل کی غیر ضروری لکیروں کے بغیر بھی بہت خوبصورت تھیں، آہستہ آہستہ پلکوں کے پردے میں چھپتی گئیں، جیسے غلافی پپوٹے اتنی محبت، اتنی مسرت کا بوجھ نہ سنبھال پاتے ہوں۔ ('ایشیائی آنکھیں' جن کے بارے میں ایک نوجوان انگریز شاعر نے ایک 'سانیٹ' لکھا تھا۔ جہاندیدہ آنکھیں جنھوں نے لندن کا ویسٹ منسٹر اور روم کا سینٹ ہال اور پیرس میں سونالی زا اور قاہرہ کے اہرام مصر اور نیویارک کے فلک بوس سکائی سکر یپر دیکھے تھے مگر جن میں محبت کی میٹھی آگ آج پہلی بار بھڑکی تھی۔ انور نے جھک کر اپنی بیوی کی بند آنکھوں کو

چوم لیا۔ سلمہ کو ایسا محسوس ہوا جیسے کسی بڑے ہی خوبصورت اور میٹھے اور سریلے احساس کی نرم نرم لہریں اس کے اوپر سے گزر رہی ہیں۔ دھیرے دھیرے وہ اپنی ہستی کو اس احساس کے سپرد کر رہی ہے۔ وہ نرم نرم لہریں اس پر سے گزر رہی ہیں۔ وہ ان میں ڈوب رہی ہے، وہ ان میں ڈوب جانا چاہتی ہے۔

نرم نرم لہریں، اس کے تخیل کے کسی کونے میں، جہاں شعور اور لاشعور کی سرحدیں ملتی ہیں، ایک عجیب سی موسیقی سرگوشیاں کر رہی تھی، جیسے شہد کی مکھیاں بھیروں کا الاپ گنگنا رہی ہوں۔۔۔ نہیں یہ شہد کی مکھیاں نہیں۔ یہ بھڑیں ہیں۔ لاکھوں بھڑوں کی افق تک پھیلی ہوئی لہر اور ان کے ڈنکوں کے میٹھے زہر میں وہ ڈوب رہی ہے اور ڈوب جانا چاہتی ہے۔ مر رہی ہے اور مر جانا چاہتی ہے۔

اور پھر ایک مدھم شور، ماضی کے افق سے سرسراتا ہوا اس کی طرف بڑھا۔ سمندر کی اٹھتی ہوئی لہروں کا شور، نرم نرم ریت پر متواتر پانی کی محبت بھری مار کا شور۔ مگر دیر تک محبت کے سمندر میں ڈوبی ہوئی عورت یہ نہ سمجھ سکی کہ یہ شور ان کے مکان کے باہر ہے یا خود اس کے من کے اندر ہے۔ شاید یہ میرے برانگیختہ دماغ کا واہمہ ہے۔ اس نے سوچا۔ شاید میرے عمر بھر کے خوف اور خدشے اس عظیم اور عمیق مسرت کے لمحے میں مجھے ڈرانے دھمکانے کے لیے یہ شور کر رہے ہیں۔ میں آج ان کی آواز سنوں گی۔ میں اِن سے نہیں ڈروں گی، نہیں ڈروں گی، نہیں ڈروں گی۔۔۔

اس کے دل کی دھڑکن کی لے تیز ہو رہی تھی۔۔۔ نہیں سنوں گی، نہیں ڈروں گی، نہیں سنوں گی، نہیں ڈروں گی۔ مگر سمندر کی طوفانی لہروں کی لے بھی

اتنی ہی تیز ہوتی جا رہی تھی۔ اب وہ لہریں نرم ریت ہی پر نہیں پھیل رہی تھیں، اب وہ چٹانوں سے ٹکرا رہی تھیں۔ ان کا شور بڑھتا ہی جا رہا تھا۔ اب وہ لہریں خود ان کے مکان کی دیواروں پر دستک دے رہی تھیں۔ کچھ ہی دیر میں سمندر۔۔۔ اس کا پرانا دشمن۔۔۔ جو کب سے اس کی جان کے درپے تھا، اس کمرے میں آن پہنچے گا اور سلمہ کو، اس کے شوہر اور ان کے مسرت بھرے اس لمحے کو بہا کر لے جائے گا، اور ان کا گلا گھونٹ کر اپنی ہیبت ناک کالی گہرائی میں ہمیشہ کے لیے سلا دے گا۔ محبت اور مسرت کے لمحے کی گہرائی سے سلمہ کی چیخ نیم اندھیرے کمرے میں گونجی اور پھر لہروں کے شور میں کھو گئی۔

"سلمہ! میری جان! کیا ہوا؟ ڈر گئیں۔۔۔؟" انور نے سرہانے رکھے ہوئے لیمپ کا بٹن دبا کر روشنی کی اور اس نے دیکھا کہ سلمہ کا چہرہ پیلا پڑ گیا ہے۔ اس کی پیشانی پسینے سے چمک رہی ہے اور اس کے ہاتھ تھر تھر کانپ رہے ہیں، اور اس نے ان تھرتھراتے ہوئے نرم اور نازک چھوٹے چھوٹے ہاتھوں کو اپنے ہاتھ میں لیا تو وہ ایسے لگے جیسے دو سہمے ہوئے کبوتر کے بچوں نے باز سے ڈر کر ماں کے پروں میں پناہ لے لی ہو۔۔۔

(انور نے سوچا کتنے ملائم، کتنے نازک ہیں سلمہ کے ہاتھ۔ ان ہاتھوں نے کبھی ترکاری نہیں چھیلی، کبھی مسالہ نہیں پیسا، کبھی بانوں کے پلنگ نہیں بنے، کبھی برتن نہیں مانجھے، کبھی کپڑے نہیں دھوئے۔ ان ہاتھوں نے تو پارکر اور شیفر قلم سے فلسفے کے لیکچر نوٹ ہی لکھے ہیں۔ یہ ہاتھ صرف پیانوں کے پردوں پر ہی پڑے ہیں۔ ان کی انگلیاں کبھی ستار کی مضراب سے زخمی نہیں ہوئیں۔)

(اور سلمہ نے سوچا انور اتنا بڑا ڈاکٹر ہے لیکن اس کے ہاتھ تو ایسے مضبوط اور کھردرے ہیں، جیسے کسی لوہار کے ہوں، کسی کان کن یا سڑک کوٹنے والے کے۔ اگر، جب ان کی پہلی ملاقات ہوئی تھی، اس نے اندھیرے میں انور سے ہاتھ ملایا ہوتا اور اس کے حساس چہرے کی نرم مسکراہٹ نہ دیکھی ہوتی، اس کی ہمدردی میں رچی ہوئی آواز نہ سنی ہوتی، اس کے سلجھے ہوئے دماغ کی تلوار جیسی کاٹ کا زخم نہ کھایا ہوتا، تو وہ کبھی ایسے غیر شاعرانہ ہاتھوں میں اپنی زندگی اور محبت نہ سونپتی! مگر کتنی پر یقین محبت تھی ان سخت ہاتھوں کی گرمی میں۔ کتنی پر سکون عافیت، کتنا پر خلوص انداز اور عہد۔)

ٹھنڈے ہاتھوں کی کپکپاہٹ ٹھہر گئی۔ دھڑ دھڑ کرتے ہوئے دل کی لے پر سکون ہوتی گئی، اور انور کی آواز سلمہ کو ایسے لگی جیسے زخم پر کوئی پھایہ رکھ دے (کیوں نہ ہو۔ اس نے سوچا۔ میرا شوہر ڈاکٹر جو ہے۔)

"کیا ہوا؟ کوئی ڈراونا خواب دیکھا تھا کیا؟"

"خواب نہیں۔ سمندر۔"

"سمندر؟"

"ہاں۔ سمندر مجھے اچھا نہیں لگتا۔"

"لہروں کے شور سے ڈر گئیں؟ تم سچ مچ بچی ہو!"

(سلمہ نے سوچا انور میری جان۔ میرے پیارے شوہر۔ میں تم سے محبت کرتی ہوں۔ تب ہی تو میں نے نہ جانے کتنے رئیسوں، لکھ پتیوں، کرنیلوں، ادیبوں اور شاعروں کو چھوڑ کر تم سے شادی کی ہے۔ مگر خدا کے لیے مجھے "بچی" نہ کہا کرو۔

مجھے اس لفظ سے چڑ ہے۔ میں بچی نہیں ہوں۔ میری عمر تیس برس ہے۔ میں نے کیمبرج سے فلسفے میں پی ایچ ڈی کی ڈگری لی ہے۔ میں اکیلی ساری دنیا گھوم چکی ہوں۔ میں نے بین الاقوامی شہرت کے عظیم ترین فلسفیوں کی کانفرنس میں شرکت کی ہے۔ میری تقریر سن کر ایک جرمن فلسفی نے مجھ سے کہا تھا کہ، "تم ایشیائی نوجوانوں کے دماغ کتنے سنجیدہ، پرسکون اور سلجھے ہوئے ہوتے ہیں۔ تمہارے مقابلے میں ہمارے نوجوان فلسفی تو ضدی بچے لگتے ہیں۔" میں دنیا کے بڑے بڑے دانشوروں، ادیبوں اور فلسفیوں اور آرٹسٹوں سے مل چکی ہوں۔ اور ان میں سے ہر ایک سے اس ہی کی دماغی سطح پر بات چیت کی ہے اور تم مجھے "بچی" کہتے ہو۔ اور جس طرح تم مجھے "بچی" کہتے ہو، اس میں مجھے مذاق کا نہیں رحم اور ہمدردی کا جذبہ معلوم ہوتا ہے، بلکہ ہلکی سی حقارت کا شبہ بھی ہوتا ہے۔ جیسے تمہاری رائے میں میں کم فہم ہوں۔ ناتجربہ کار ہوں۔۔۔ ضدی ہوں۔)

مکان کے باہر اور خود سلمہ کے من کے اندر لہروں کا شور بڑھتا ہی رہا۔

"انور! مجھ سے ایک وعدہ کرو۔"

"جو تم کہو۔۔۔"

"وعدہ کرو کہ یہ مکان چھوڑ دو گے۔ سمندر کے اتنے قریب میں نہیں رہ سکتی۔"

"میری جان! تو دوسرا مکان تلاش کرلیں گے۔ لیکن سمندر سے تمہیں اتنی نفرت کیوں ہے؟"

"مجھے سمندر سے ڈر لگتا ہے۔"

"مگر کیوں؟"

"یہ مجھے بھی نہیں معلوم۔ بس مجھے سمندر کے خیال ہی سے گھبراہٹ ہوتی ہے۔"

"بڑی ہی عجیب بات ہے۔"

مکان کے باہر اور اس کے من کے اندر سمندر کی لہریں شور مچا رہی تھیں۔ سلمہ کا منھ چڑا رہی تھیں۔ "تم ہم سے بچنے کے لیے اپنے شوہر کی آغوش محبت میں چھپ جانا چاہتی تھیں نا۔ مگر ہم نے تمھیں وہاں بھی ڈھونڈ نکالا۔ تم ہم سے نہیں بچ سکتیں۔ نہیں بچ سکتیں، نہیں بچ سکتیں۔ ہم تمھارے شوہر کو بھی تم سے چھین لیں گے۔ ہم تم دونوں کی محبت کا گلا گھونٹ دیں گے۔ سمندر کی طاقت بے پناہ ہے۔"

(اور انور سوچ رہا تھا، "سلمہ بہت حسین ہے۔ بہت ذہین ہے۔ بہت اچھی ہے۔ میں اس سے بہت محبت کرتا ہوں۔ اتنی محبت جو میں نے آج تک کسی سے نہیں کی۔ لیکن کیا ہم دونوں ایک دوسرے کے ساتھ خوش رہ سکیں گے؟ مجھے سمندر کے قریب رہنا اتنا پسند ہے اور اسے سمندر کی آواز سے بھی ڈر لگتا ہے۔ لاڈ پیار میں پلی ہوئی امیر لڑکیوں کو زیادہ ہی ڈر لگتا ہے۔ کیوں نہ ہو۔ وہ سر عظیم اللہ کی بیٹی ہے جو ہائی کورٹ کے جج تھے اور جنھوں نے لاکھوں روپے بیرسٹری سے کمائے تھے۔ جنھوں نے اپنی اکلوتی بیٹی کو انگریز نرسیں رکھ کر پالا تھا اور بچپن ہی سے اسے انگلستان کے اسکولوں میں اور پھر کیمبرج یونیورسٹی میں تعلیم دلوائی تھی۔

سلمہ میں سب اچھائیاں ہیں۔ وہ مجھ سے محبت بھی کرتی ہے لیکن اس کا خاندانی ماحول مجھ سے کتنا مختلف ہے۔ وہ سنگ مرمر کے فرش اور سنگ سیاہ کے ستونوں والی

(انور سوچ رہا تھا کہ زندگی کے واقعات کا تسلسل بھی کیسا عجیب ہوتا ہے۔ آج سے پچیس برس پہلے اگر اس دن لکشمی نے مست ہو کر راجہ صاحب کے بڑے لڑکے راجندر کا رخ نہ کیا ہوتا، جو فیل خانے کے باہر کرکٹ کھیل رہا تھا، اگر انور کے بابا رمضان علی مہاوت نے راجندر کی جان بچانے کے لیے اپنی جان نہ دی ہوتی، اگر راجہ صاحب نے یتیم انور سے یہ نہ پوچھا ہوتا! کیوں بیٹا تم کیا کرنا چاہتے ہو؟ اور اگر نو برس کے بچے نے نہ جانے کیسے یہ نہ کہا ہوتا کہ "راجہ صاحب میں تو پڑھنا چاہتا ہوں۔" تو آج وہ کسی سرکس میں ہاتھیوں کی دیکھ بھال کرتا ہوتا۔ یا کسی اصطبل میں، کسی سیٹھ کے ریس کے گھوڑوں کی مالش کرتا ہوتا اور اس کی ایک تھکی ہوئی، مرجھائے ہوئے جسم کی بیوی ہوتی اور آدھے درجن بچے ہوتے اور حسین سلمہ کا سر آج کسی اور ہی کی آغوش میں ہوتا۔

مگر راجہ صاحب نے مرتے ہوئے مہاوت سے اپنا وعدہ پورا کیا تھا اور انور اسکول سے کالج، کالج سے میڈیکل۔ کالج اور میڈیکل کالج سے ایڈنبرا یونیورسٹی اور لندن کے ہسپتالوں تک ہو آیا تھا۔ اب اس کا شمار ملک کے بہترین نوجوان سرجنوں میں ہوتا تھا مگر لوگ سمجھتے تھے کہ ڈاکٹر انور علی کے دماغ کا کوئی اسکرو ڈھیلا ہے کہ ہزاروں روپے کی پریکٹس کرنے کی بجائے سرکاری ہسپتال میں سات سو روپے ماہوار پر جنرل وارڈ میں پڑے ہوئے مریضوں کے مفت آپریشن کرتا ہے۔

(اور یک دن اس اسپتال میں اس کے پاس سلمہ آئی تھی اپنڈکس کا آپریشن کرانے اور اس نے کہا تھا، میں تو اس آپریشن کے لیے ویٹینا یا جینوا یا لندن جانے والی تھی، مگر گورنمنٹ ایکسچینج نہیں دیتی۔ آپ کی بڑی تعریف سنی ہے کہ آپ

اپنڈکس کا آپریشن کرتے ہیں تو چوتھے دن مریض خود چل کر گھر چلے جاتے ہیں۔ تو جس نرسنگ ہوم میں آپ کہیں، میں داخلہ لے لوں، اور ڈاکٹر انور علی نے اسے بتایا تھا کہ اگر مجھ سے آپ کو آپریشن کرانا ہے تو آپ کو اسی گورنمنٹ ہسپتال کے جنرل وارڈ میں داخلہ لینا ہوگا اور سر عظیم اللہ مرحوم کی نفاست پسند اور نازک مزاج بیٹی جنرل وارڈ کے خیال ہی سے کانپ اٹھی تھی اور اس نے دل ہی دل میں طے کر لیا تھا کہ میں مر بھی جاؤں گی لیکن ان گندی مزدوروں اور بھنگنوں کے ساتھ جنرل وارڈ میں نہیں رہوں گی۔ پھر بھی ڈاکٹر انور علی سے معائنہ کروانے میں کوئی ہرج نہیں اور جب معائنے کے دوران میں انور کی سخت کھردری ڈاکٹری انگلیوں نے سلمہ کے پیٹ کو چھوا تھا تو ان کے درد آشنا لمس میں ایک عجیب ٹھنڈک، ایسی عجیب تسکین اور شفا تھی کہ سلمہ نے فیصلہ کر لیا کہ اب آپریشن کراؤں گی تو اسی ڈاکٹر سے۔

اور سو وہ آپریشن کی میز پر لیٹی تھی اور کلوروفارم کے اثر سے بے ہوش ہونے سے پہلے اس نے دیکھا کہ ڈاکٹر انور علی کی آنکھیں سرجن کی سفید نقاب میں سے مسکرا رہی ہیں اور یہ دیکھ کر اس نے اطمینان سے اپنی آنکھیں بند کر لی تھیں اور پھر کلوروفارم کے بادل اس کے شعور پر چھا گئے تھے۔ مگر ان بادلوں میں بھی وہ مسکراتی ہوئی آنکھیں اس کو گھور رہی تھیں۔ جب اس کو ہوش آیا تو وہ جنرل وارڈ میں انہی دوسری مریض عورتوں کے درمیان پڑی تھی اور اس کے برابر والے بیڈ کے چاروں طرف پہیوں والی سفید پردے دار دیواروں کو کھڑا کیا جا رہا تھا، کیونکہ ایک بڑھیا بھکارن جو کسی موٹر کے نیچے آ گئی تھی، چل بسی تھی اور دوسری طرف ایک نوجوان مزدورنی جس کے شوہر نے جوش رقابت میں اس کی ناک کاٹ لی تھی،

اس شوہر کا ہاتھ اپنے ہاتھ میں لیے اسے تسلی دیتی رہی تھی۔۔۔

اور تین دن تک اس ماحول میں وہ پڑی رہی اور انتظار کرتی رہی کہ ڈاکٹر انور علی اسے دیکھنے آئے گا۔ مگر دوسرے جونیئر ڈاکٹر آتے رہے اور وہ نہیں آیا کیونکہ سنا تھا کہ وہ کئی بڑے نازک دل کے آپریشن کر رہا ہے۔ پھر چوتھے دن وہ آیا تھا اور اس نے سلمہ کو ڈانٹ کر کہا تھا، یہ کیا؟ پلنگ پر کیوں لیٹی ہو۔ اٹھو اور وارڈ کے اس کونے تک چل کر جاؤ۔ سلمہ نے کہا تھا، ڈاکٹر صاحب! میں کیسے چل سکتی ہوں۔ مجھے تو ایسا محسوس ہوتا ہے جیسے میری ٹانگ میں دم ہی نہیں ہے۔ چلنا تو کیا، مجھ سے تو کھڑا بھی نہیں ہوا جائے گا اور ڈاکٹر نے کہا تھا، یہ سب بکواس ہے۔ چلو اٹھو۔

اور اس کے بولنے کے انداز میں کچھ ایسا جادو تھا کہ سلمہ سچ مچ اٹھ کھڑی ہوئی تھی۔ اور دھیرے دھیرے قدم اٹھاتے ہوئے وارڈ کے کنارے تک چلی گئی اور وہاں سے بلا سہارے واپس بھی آگئی تھی لیکن جیسے ہی وہ ڈاکٹر کے قریب آئی، اس کو اپنی ٹانگوں میں دفعتاً لڑکھڑاہٹ اور کمزوری محسوس ہوئی اور وہ چکرا کر گرنے ہی والی تھی کہ انور نے اسے سنبھال لیا اور سلمہ کو ایسا محسوس ہوا کہ زندگی میں اسے سہارا دینے والے ہاتھ یہی ہیں۔ دو ہفتے بعد ان کی شادی ہوگئی تھی اور انور بیوی کو اپنے چھوٹے سے نئے مکان میں لے آیا تھا جو اس نے کئی ہزار روپے قرض لے کر بالکل سمندر کے کنارے خریدا تھا، مگر اس وقت اسے یہ نہیں معلوم تھا کہ سمندر کی قربت سلمہ کے لیے اتنی بڑی سوہانِ روح ثابت ہوگی۔)

"مگر کیوں؟" اس نے پوچھا سلمہ سے بھی اور اپنے آپ سے بھی۔

"کیوں کیا؟"

"سمندر سے تم کیوں ڈرتی ہو؟" اور اسی وقت ان کے گھر کے باہر سمندر کے کنارے بنے ہوئے پتھروں کے بندھ سے ایک لہر اتنے زور سے آکر ٹکرائی کہ سلمہ اچھل پڑی۔

"میں نے کہانا کہ کوئی خاص وجہ نہیں ہے۔۔۔ بس ڈر لگتا ہے۔"

"کوئی وجہ تو ہونی چاہیے۔ کیا تم نے کبھی کسی سائیکاٹرسٹ سے بات کی ہے۔"

"ہاں جب میں کیمبرج میں پڑھتی تھی۔ ایک نوجوان انگریز سائیکاٹرسٹ جارج رسل نے میرا نفسیاتی معائنہ کیا تھا۔"

"اور اس کی کیا رائے تھی؟"

"اس کا کہنا تھا کہ لاشعور کی دنیا میں سمندر سمبل (علامت) ہے جنسی فعل کا اور اس کا خیال تھا کہ ضرورت سے زیادہ شریفانہ ماحول میں پرورش پانے کی وجہ سے میں اس قدرتی فعل سے خائف ہوں۔ اور اس لیے سمندر سے ڈرتی ہوں۔"

"اور کیا یہ سچ تھا؟"

"نہیں وجہ صرف اتنی تھی کہ وہ خود مجھ سے شادی کرنا چاہتا تھا اور میں نے انکار کر دیا تھا۔"

"کیوں؟"

"وہ بہت خوبصورت تھا۔ سنہری گھونگھریالے بال تھے اس کے۔ باتیں بھی بڑی اچھی کرتا تھا۔ مگر۔۔۔"

"مگر۔۔۔؟"

"مگر شراب اور سگریٹ بہت پیتا تھا۔ اس کے دانت پیلے اور گندے تھے اور

اس کے منہ سے پائیریا کی بو آتی تھی۔"

"اور کسی سے شادی کیوں نہیں کی؟"

"کوئی پسند نہیں آیا۔ کسی سے محبت کر سکتی تھی لیکن اس کی عزت نہیں کر سکتی تھی۔ کسی کی عزت کر سکتی تھی مگر محبت نہیں کر سکتی تھی۔ جب مجھے ایسا آدمی مل گیا جس سے میں محبت بھی کر کستی ہوں، اور اس کی عزت بھی کر سکتی ہوں تو اس سے شادی کر لی۔ بس اتنی حقیقت ہے میری نفسیاتی الجھنوں کی۔۔۔"

"لیکن سمندر سے ڈر۔۔۔ یہ بھی تو ایک نفسیاتی الجھن ہے۔"

"ہو گی۔۔۔ مگر اب مہربانی کر کے سمندر کا ذکر مت کرو۔ کوئی اور بات کرو۔"

"تو سنو۔ میں تم سے بہت محبت کرتا ہوں سلمہ۔ اگر میں ڈاکٹر نہیں شاعر ہوتا، تو خوبصورت الفاظ میں تمہیں بتاتا کہ میں تمہیں کتنا چاہتا ہوں۔"

"اور ہماری محبت میں کبھی کوئی حائل نہیں ہو گا۔۔۔؟" سلمہ نے پوچھا۔ اور اس کے ذہن میں وہ لمحے تھے، جب انور نہ جانے کن خیالات میں کھو جاتا تھا۔

"نہیں میری جان۔ دنیا میں کوئی ہماری محبت میں حائل نہیں ہو سکتا۔" اور اسی وقت گڑگڑاتی، پھنکارتی، چنگھاڑتی ایک لہر آئی اور اتنے زور سے بندھ سے ٹکرائی کہ سارا امکان ہل گیا اور چھینٹے ان کی کھڑکیوں تک پر پڑے۔ سلمہ کا چہرہ ایک بار پھر پیلا پڑ گیا۔

"انور۔۔۔ مجھے ڈر لگ رہا ہے۔۔۔" اس نے شوہر کی آغوش میں بچوں کی طرح منھ چھپاتے ہوئے کہا۔ انور نے اپنے سینے پر گرم گرم آنسوؤں کو محسوس کیا۔

سلمہ رو رہی تھی۔

"میری پیاری۔ میری جان۔" وہ کہے جا رہا تھا لیکن اس کا ڈاکٹری دماغ اس عجیب و غریب خوف کی تشخیص کرنے کی کوشش کر رہا تھا۔ باہر سمندر غرا رہا تھا۔ چنگھاڑ رہا تھا، دھاڑ رہا تھا۔ ایک بپھرے ہوئے دیو کی مانند۔ اندر سلمہ خوف سے کانپ رہی تھی۔ بلک بلک کر رو رہی تھی۔ ایک سہمی ہوئی بچی کی طرح۔ دیو غراتا رہا۔ چنگھاڑتا رہا، دہاڑتا رہا۔ بچی کانپتی رہی، روتی رہی، سسکیاں بھرتی رہی۔ یہاں تک کہ سمندر تھک کر ساحل سے لوٹ گیا۔ یہاں تک کہ بچی روتے روتے سوگئی مگر سوتے سوتے بھی وہ سبکیاں بھرتی رہی۔ شاید خواب میں بھی وہ ڈر رہی تھی۔

تشخیص، بچی جہاز کی ڈیک پر کٹھرے کے سہارے کھڑی لہروں کو گن رہی تھی جو جہاز سے آ آکر ٹکرا رہی تھیں۔ "ایک۔ دو۔ تین۔ چار۔ پانچ۔" ایک لہر کے بعد دوسری۔۔۔ ہر لہر پانی ہی کی بنی ہوئی تھی لیکن ہر لہر ایک دوسری سے مختلف تھی۔ کوئی اونچی، کوئی نیچی، کوئی مچھلی کی طرح سڈول، کسی کا اونٹ کی طرح کوہان نکلا ہوا، کوئی رینگتی ہوئی آتی تھی، کوئی دوڑتی ہوئی، کوئی جھاگوں سے بنا لیس کا سفید دوپٹہ اوڑھے۔ کوئی مس میری کی طرح نیلا فراک پہنے تھی تو کسی پر سورج کی روشنی سے ستارے جگمگا رہے تھے جیسے اماں کے کامدانی کے دوپٹے پر۔

"چھ، سات، آٹھ، نو، دس، گیارہ۔" بچی سوچ رہی تھی کہ اتنی بہت سی لہروں کو اللہ میاں کون سے اصطبل میں رکھتے ہوں گے۔ ہمارے گھر میں تو تین گھوڑے ہیں۔ ایک جو فٹن میں جوتا جاتا ہے اور دو جو سواری میں آتے ہیں اور ان کے لیے تین ہی اصطبل الگ الگ بنے ہوئے ہیں تو پھر جتنی لہریں یہ سمندر میں کودتی

پھاندتی پھر رہی ہیں ان کے لیے بھی اتنے ہی اصطبل چاہئیں اور پھر جیسے ہر گھوڑے کو کھانے کے لیے دانہ چاہیے، گھاس چاہیے، پینے کو پانی چاہیے، تو ان لہروں کو کھانا پینا کون دیتا ہے۔ پینے کو پانی تو سمندر میں بہت ہے مگر یہ لہریں کھاتی کیا ہیں؟ ابھی بچی اس اہم مسئلے پر غور کر ہی رہی تھی کہ مس میری اپنا نیلا فراک پہنے اپنی موٹی موٹی چھوٹی ٹانگیں مارتی آ گئیں۔ بچی نے ان کے قدموں کی آہٹ سن کر مڑ کر دیکھا کہ سمندر کی ہوا مس میری کے نیلے فراک کو اڑا اڑا کر ان کے موٹے موٹے چربی چڑھے گھٹنوں سے اوپر لے جا رہی ہے اور ان کے کھچڑی جیسے بال ہوا میں اڑ رہے ہیں۔

"مس صاحب۔" بچی نے اپنی انگریز گورنس سے کہا۔

"یس سلمہ!"

"مس صاحب۔ سمندر میں اتنا بہت پانی کہاں سے آتا ہے؟"

"یہ سب واٹر ندی اور دریا میں سے آتا ہے مائی چائلڈ۔" مس میری نے جواب دیا اور جغرافیہ کی کتاب میں سے سمندر اور دریاؤں والا باب زبانی دہرایا۔

"تو پھر اگر ہم سمندر میں چلتے چلے جائیں، تو دریا آ جائے گا؟"

"یس۔۔۔"

"وہی دریا جو ہمارے گھر کے پاس سے بہتا ہے۔"

"یس۔ وہ بھی آ جائے گا۔"

"میم صاحب۔ ایک بات اور پوچھنی ہے۔"

"پوچھو، مائی چائلڈ۔"

"یہ اتنی ساری لہریں جو ہیں سمندر میں، یہ کھاتی کیا ہیں؟"

مس میری جنھوں نے اس سوال کا جواب کسی کتاب میں نہیں پڑھا تھا، سوچ میں پڑ گئیں لیکن ایک موٹا لال منھ کا مسافر جو دن بھر ڈیک چیئر پر لیٹا ہوا موٹا سگار پیتا رہتا تھا، ایک خوفناک قہقہہ مار کر بولا، "ویل ویل بے بی۔ ام تم کو بتاتا ہے۔ یہ سمندر کا لہر چھوٹا چھوٹا بے بی کو کھانا مانگتا ہے۔ تم ریلنگ سے ہٹ کر کھڑا رہو، نہیں تو لہر تم کو بھی کھا جائے گا۔" اور یہ سن کر بچی کا چہرہ پیلا پڑ گیا۔ وہ ڈر کر پیچھے ہٹ گئی اور مس میری نے لال منھ والے کو ڈانٹ کر کہا، "مسٹر ولیم۔ دیٹ از ویری بیڈ۔ آپ ایک بے بی کو ڈرانا مانگتا۔ ویری بیڈ۔ کم آن ڈارلنگ۔" اور وہ بچی کو کیبن میں لے گئی اور اس کو تصویروں والی کتاب دی کہ یہاں بیٹھ کر تصویریں دیکھو۔

"مس صاحب۔"

"یس مائی ڈیر۔۔۔"

"یہ جہاز گھر کب پہنچے گا؟"

"یہ جہاز گھر نہیں جائے گا بے بی۔ یہ تو ساؤتھ ہیمپٹن جائے گا۔ وہاں سے ہم لوگ ریل سے لندن جائیں گے۔"

"لندن کیوں جائیں گے؟"

"اس لیے کہ تمھارے ڈیڈی چاہتے ہیں، تم ادھر فرسٹ کلاس انگلش اسکول میں ایجوکیشن حاصل کرو۔ ادھر سب انگریز بے بی لوگ ہو گا۔"

"مگر میں تو جھنیا کے ساتھ پڑھنا چاہتی ہوں مس صاحب۔"

"جھنیا۔۔۔ وہ سائیس کا چھوکری۔۔۔ چھی چھی چھی۔۔۔ دیٹ ڈرٹی لٹل

گرل۔ تمہارا جیسا ہائی کلاس بے بی ایک سائیس کا گندا چھوکری کے ساتھ کس مافک پڑھ سکتا ہے۔ تمہارا ڈیڈی نہیں چاہتا کہ تم ایسا بچہ لوگ کے ساتھ کھیلے۔ اسی واسطے تم کو ہماری ساتھ انگلینڈ پڑھنے کو بھیجتا۔"

"تو پھر جھنیا کو بھی لے چلو مس صاحب۔"

"ہم بولا بے بی کہ وہ ڈرٹی چھوکری ہے۔ ایک دم گندا۔"

"تو ادھر لندن میں ہم اسے نہلائیں گے مس صاحب۔ باتھ ٹب ہوگا نہ ادھر۔۔۔"

"ایسا چھوکری کا ڈرٹ باتھ ٹب میں نہیں دھو سکتا۔"

"تو پھر میں لندن نہیں جاتی۔ میں تو گھر جاؤں گی۔ جھنیا کے ساتھ کھیلوں گی۔"

"گھر ادھر سے چار ہزار میل ہے بے بی۔"

"مگر کدھر ہے؟"

"اُدھر، جہاز کے پیچھے، سمندر کے پار۔"

اور جب دوپہر کے کھانے کے بعد مس میری سو گئیں تو بچی دبے پاؤں کیبن سے نکلی اور ڈیک کے پچھلی طرف ریلنگ سے لگ کر کھڑی ہوگئی۔ ایک ہاتھ میں اس کے ایک گڑیا تھی اور دوسرے ہاتھ میں دو کیلے۔ وہ جانتی تھی کہ جھنیا کو کیلے بہت پسند ہیں۔

"اہاہا۔" اس نے سوچا، "سو یہ ہے گھر جانے کی سڑک۔" جہاز کے پیچھے جہاں پانی کٹ رہا تھا، سفید جھاگوں کی ایک لمبی سڑک بنتی جا رہی تھی۔ جو دور تک چلی گئی

تھی۔ حد نظر تک۔ بچی کے گھر تک۔ بچی نے پیچھے مڑ کر دیکھا۔ لال منھ والا انگریز اپنی کرسی پر بیٹھا بیٹھا سو رہا تھا اور اس کا سگار منھ میں لگا ہوا سلگ رہا تھا اور اس کی راکھ اس کے سفید سوٹ پر گرتی جا رہی تھی اور کئی مسافر اپنی اپنی کرسیوں پر بیٹھے اونگھ رہے تھے۔ جہاز کے نیچے اس کے پیٹ میں سے انجنوں کی دھڑ دھڑاہٹ سنائی دے رہی تھی۔ جہاز چلا جا رہا تھا۔ ساؤتھ ہیمپٹن کی طرف۔ لندن کی طرف۔ اس اسکول کی طرف جہاں جھُنیا نہیں ہو گی۔

جھُنیا۔۔۔! اپنی سہیلی کا خیال آتے ہی بچی مسکرا دی۔ جھُنیا جو کالی تھی مگر جس کے چھوٹے چھوٹے دانت ایسے چمکتے تھے جیسے سچے موتی۔ جھنیا جس کا شلوکہ اور لہنگا ہمیشہ گندا اور پھٹا ہوا ہوتا تھا، جس کی آنکھوں میں ہمیشہ چیپڑ لگے رہتے تھے اور جس کے چہرے اور ٹانگوں پر ہمیشہ گرد کی تہ جمی رہتی تھی مگر جو ہمیشہ ہنستی رہتی تھی، کھیلتی کودتی اور شور مچاتی رہتی تھی اور جب اس کا باپ گھوڑوں کو نہلاتا یا ان کی مالش کرتا تو وہ ضد کر کے گھوڑے پر بیٹھ جاتی تھی، اور کہتی تھی، "چل میلے گھولے چل چل چل۔"

دو برس ہوئے بچی کو ٹائیفائیڈ ہو گیا تھا۔ جب ڈیڑھ مہینے کے بعد اس کا بخار ٹوٹا تو اتنی کمزور ہو گئی کہ ڈاکٹروں نے ہدایت کی ابھی مہینے بھر تک چلے پھرے نہیں، پلنگ پر لیٹی رہے اور سو کتنے ہی دن تک وہ لیٹے لیٹے چھت میں لگے ہوئے بجلی کے پنکھے کے پروں کو گنتی رہی۔ ایک، دو، تین، چار، پانچ، بیس، اٹھائیس، بیالیس۔۔۔ تین سو دس۔۔۔ آٹھ سو بارہ۔۔۔ اور اسے ایسا محسوس ہوتا کہ پنکھے کے پروں کا ایک چکر ہے جو کبھی ختم نہیں ہو گا۔ نہ جانے کہاں سے ایک کے بعد ایک، پنکھے کے

پر ہوا میں سے نکلتے ہی آتے تھے۔ مگر پھر وہ اس کھیل سے اکتا گئی اور دیواروں پر دوڑتی ہوئی چھپکلیوں کی دوڑ بھاگ میں دلچسپی لینے لگی۔ یہ چھپکلیاں بالکل سرکس کے مداریوں کی طرح تھیں۔ دیوار پر سیدھی اوپر چڑھ جاتی تھیں مگر تھیں بہت گندی۔ کیڑے مکوڑے، مکھی، مچھر کھاتی رہتی تھیں۔ جس کو دیکھ کر بچی کا جی متلانے لگتا اور سو آخر کار اس نے سوچا کہ میں اپنی کھڑکی میں بیٹھ کر باغ ہی کی سیر کرلوں۔

باغ میں رنگ برنگے پھول کھلے ہوئے تھے اور تتلیاں ہوا میں اڑ رہی تھیں اور دور لان پر ان کا بوڑھا مالی گلاب کی کیاریوں میں فوارے سے پانی دے رہا تھا اور نیم کے پیڑ پر لال لال چونچ والے طوطے بیٹھے تھے اور دور آم کے پیڑوں میں ایک کوئل کوکو کر رہی تھی۔ مگر تھوڑی ہی دیر میں اِن سب چیزوں سے بچی کا جی اکتا گیا۔ کیونکہ وہ چاہتی تھی کسی سے بات کرنا اور بات کرنے کی اسے ڈاکٹر بینرجی کی طرف سے سخت ممانعت تھی۔ اسی لیے تو اس کے ڈیڈی نے مس میری کو ہدایت کر رکھی تھی کہ کسی کو بچی کے کمرے میں جانے کی اجازت نہ دی جائے اور چونکہ بچی خود بہت باتونی تھی اور مس میری سے ہر وقت اوٹ پٹانگ سوال کرتی رہتی تھی اور ڈیڈی سے سوال کرتی تھی کہ مجھے کوئی پریوں کی کہانی سنائے۔ اس لئے ڈاکٹر اور ڈیڈی دونوں کے حکم سے اس کے کمرے کا دروازہ باہر سے بند رکھا جاتا تھا اور صرف دوا اور کھانے کے اوقات پر مس میری چند منٹ کے لیے اندر جاتی تھیں۔ اور سو جب اس نے باغ میں اپنی ہم عمر ایک بچی کو دوڑتے بھاگتے دیکھا تو سلمہ بے اختیار چلا پڑی۔

"اے۔اے۔اِدھر آ۔"

"سلام چھوٹی بی بی۔"

"تم مجھے جانتی ہو؟"

"جرور جانتی ہوں۔ یہ فراک جو میں پہنے ہوں یہ تمہاری ہی تو ہے چھوٹی بی بی۔" اور سلمہ نے پہچان لیا کہ میل اور پیوندوں کے نیچے جو نیلی دھاریوں کا فراک ہے وہ واقعی کبھی اس کا ہی تھا۔

"تمہارا نام کیا ہے؟"

"جھُنیا۔"

"اور میرا نام ہے سلمہ۔"

"نہیں۔ تمہارا نام ہے چھوٹی بی بی۔"

"تمہیں کس نے بتایا؟"

"بابا نے۔"

"تمہارے بابا کیا کرتے ہیں؟"

"آپ کے گھوڑوں کو دانہ کھلاتے ہیں، ان کو نہلاتے ہیں، ان کی مالش کرتے ہیں۔"

"تم تو سائیس رام دین کی بیٹی ہو؟"

"ہاں۔۔۔"

"تم اسکول پڑھنے نہیں جاتیں؟"

"نہیں۔"

"کیوں؟"

"بابا کہتے ہیں سائیسوں کے بچے سکول نہیں جاتے۔"

"پھر تم دن بھر کیا کرتی ہو؟"

"کھیلتی ہوں اور بابا کہیں تو گھوڑوں کو پانی پلا دیتی ہوں۔"

"اور جب تمہیں بخار آتا ہے تب کیا کرتی ہو؟"

"جب بکھار آتا ہے تو میں کھوب دھوپ میں بھاگتی ہوں۔ پسینہ آکے بکھار آپ سے آپ بھاگ جاتا ہے۔ پر چھوٹی بی بی تم کیوں کمرے میں بند رہتی ہو؟"

"ڈاکٹر اور ڈیڈی کا حکم نہیں ہے باہر نکلنے کا۔"

"ڈاکٹر بہت برا آدمی ہے چھوٹی بی بی۔"

"کیوں؟"

"وہ سوئی لگاتا ہے۔ ایک بار میرے سوئی لگائی تھی تو تین دن تک بانہہ سوجی رہی تھی۔"

اور سو ان کی دوستی ہو گئی۔ میلے پیوند لگے فراک پہننے والی سائیس کی بیٹی جھُنیا اور نائیلون کا نائٹ گاؤن پہننے والی سر عظیم اللہ کی بیٹی سلمہ سہیلیاں بن گئیں۔ روز جھنیا سلمہ کے لیے باغ میں سے چرا کر پھول، کچی کیریاں اور کچے پکے امرود لاتی اور ان کے بدلے میں سلمہ اسے اپنے بالوں میں لگانے کے لیے ریشمی ربن اور رنگین تصویروں والی کتابیں، اور بولنے والی گڑیاں دیتی اور گھنٹوں سلمہ کھڑکی میں بیٹھی جھُنیا سے باتیں کرتی رہتی۔ سلمہ اکثر سوچتی جھُنیا کتنی خوش قسمت ہے۔ دن بھر کھیلتی گھومتی پھرتی ہے۔ کوئی اسے نہیں روکتا۔ دس دس دن نہاتی نہیں، کوئی اسے زبردستی ٹب میں بٹھا کر صابن مل مل کر زبردستی نہیں نہلاتا۔ جو اس کا جی چاہتا

ہے کھاتی ہے، جب جی چاہتا ہے درختوں پر چڑھ جاتی ہے۔ اسے دنیا کے بارے میں بھی تو کتنا کچھ معلوم ہے۔

وہ جانتی ہے کہ گھوڑی کے نال کیسے لگائے جاتے ہیں اور پن چکی پر آٹا کیسے پیسا جاتا ہے اور نوٹنکی میں لال پری کیسے ناچتی ہے اور کالا دیو کیسے دہاڑتا ہوا آتا ہے اور اسے اٹھا کر لے جاتا ہے اور مالی کا بیٹا کلوا جس کا پچھلے برس ہی بیاہ ہوا تھا، کیسے ٹھرا پی کر پہلے اپنی بہو کو مارتا ہے اور پھر پیار کرتا ہے اور اور۔۔۔ جھُنیا جس کی زبان قینچی کی طرح چلتی تھی، یہ سب باتیں سلمہ کو سناتی رہتی اور سلمہ کو ایسا محسوس ہوتا کہ وہ ایک سنسان ٹاپو میں قید ہے، زنجیروں میں جکڑی ہوئی ہے اور اس کے چاروں طرف زندگی کا سمندر پھیلا ہوا ہے اور اس سمندر میں جھُنیا مزے سے چھینٹے اڑا رہی ہے، تیر رہی ہے۔۔۔ ڈبکیاں لگا رہی ہے۔ ایک دن جھُنیا دیر کر کے آئی تو سلمہ نے پوچھا، "اری تو کہاں رہی؟ میں تو کب سے تیرا انتظار کر رہی ہوں۔"

"چھوٹی بی بی۔ میں جرا اصطبل میں گئی تھی۔ آپ کی گھوڑی ہے نا چنبیلی، اس کے بچہ ہونے والا ہے۔"

"بچہ کیسے ہوتا ہے؟"

"یہی تو میں دیکھنے گئی تھی چھوٹی بی بی۔"

"پھر دیکھا نہیں؟"

"نہیں۔ بابا کہویں ہیں کہ ابھی تھوڑی دیر ہے۔۔۔ پر چنبیلی بڑے جور جور سے سانس لے رہی ہے۔ میں تو سمجھی تھی، مر رہی ہے۔ وہ ہماری چت کبری کتیا تھی نا، وہ جب مری تھی تو وہ بھی ایسے ہی سانس لے رہی تھی۔"

"تو کیا چنبیلی بھی مر جاوے گی؟"

"نہیں چھوٹی بی بی۔ پھکر نہ کرو۔ بابا کہویں ہیں کہ مر مر کے ہی جندگی پیدا ہووے ہے۔ اچھا، اب میں چلوں، پھر آؤں گی۔"

"اے جھُنیا۔۔۔!"

"ہاں چھوٹی بی بی۔۔۔"

"میں بھی چلوں تیرے ساتھ؟ دیکھوں گھوڑی کا بچہ کیسے پیدا ہوتا ہے؟"

"اور جو کسی نے دیکھ لیا تو بڑے صاحب مجھے ہنٹر لگائیں گے۔"

"نہیں نہیں۔ ابا تو کورٹ گئے ہوئے ہیں اور مس میری اپنے کمرے میں پڑی سو رہی ہیں۔"

سو وہ کھڑکی سے کود گئی، اور اس کا نائیلون کا نائٹ گاؤن کانٹوں میں الجھ کر کئی جگہ سے پھٹ گیا اور اس کا ٹخنہ چھل گیا۔ مگر اس کا دل ایک نامعلوم مسرت اور ایک عجیب خوف سے دھڑک رہا تھا۔ جیسے وہ دونوں باغ کی کیاریوں میں سے نہیں بلکہ گھنے اندھیرے جنگل میں سے ہو کر پریوں کے دیس کی طرف جا رہے ہوں۔ بالکل جیسے مس میری کی کہانیوں کی شہزادیاں جاتی تھیں اور پھر وہ دونوں اصطبل کے بالکل سامنے تھیں اور اندر سے چنبیلی کے زور زور سے سانس لینے کی آواز آ رہی تھی۔ بلکہ ایک بار تو وہ اتنے درد بھرے انداز میں ہنہنائی کہ سلمہ ڈری کہ شاید اس کی پیاری گھوڑی سچ مچ مر رہی ہے مگر فوراً ہی اسے جھُنیا کے بابا کا کہنا یاد آیا، کہ مر مر کے ہی زندگی پیدا ہوتی ہے اور اسے ایسا محسوس ہوا کہ اصطبل کا دروازہ کھلتے ہی زندگی کا سب سے بڑا اور خوفناک راز اس پر آشکار ہو جائے گا اور اس کا دل اور بھی

زوروں سے دھڑکنے لگا۔

لیکن اصطبل کا دروازہ نہیں کھلا۔ اس وقت نہیں کھلا۔ زندگی بھر نہیں کھلا۔ پیچھے سے اس کو بیوک کار کا ہارن سنائی دیا اور جب سلمہ اور جھُنیا نے گھبرا کے مڑ کر دیکھا تو سر عظیم اللہ موٹر سے اتر کر ان کی طرف آ رہے تھے۔ بدن پر کچھری والا کالا کوٹ اور دھاریوں والی پتلون۔ سر پر سفید ہیٹ، اور سلمہ نے دیکھا کہ اس کے ڈیڈی کی مونچھیں جو ولایتی گوند سے نکیلی بنائی جاتی تھیں اور ہمیشہ نہ صرف چڑھی بلکہ اکڑی رہتی تھیں، اس وقت غصے سے ہل رہی ہیں جیسے شکار کو دیکھ کر ان کے شکاری کتے شیرو کی دم ہلنے لگتی ہے۔ سلمہ کو پھر اس کے کمرے میں قید کر دیا گیا۔ جھُنیا کے بابا کو کہہ دیا گیا کہ اس کی چھوکری نے پھر کبھی چھوٹی بی بی سے بات کی تو اس کی ہنٹر سے خبر لی جائے گی۔

اگلے ہفتہ ہی سلمہ کو مسوری پڑھنے کے لیے بھیج دیا گیا اور ایک برس بعد مس میری کی تجویز پر ان کے ساتھ اسے انگلستان بھیج دیا گیا اور جب ان کی بیوک کار احاطے سے باہر سڑک پر آئی تو سلمہ نے دیکھا کہ جھُنیا پیچھے دوڑتی ہوئی آ رہی تھی۔ سلمہ چلائی، "ڈیڈی۔ ڈیڈی۔ میں جھنیا سے مل لوں۔" مگر سر عظیم اللہ نے ڈرائیور کو کار نہ روکنے دی اور جھُنیا موٹر کے پہیوں سے اڑی ہوئی دھول کے بادلوں میں کھو گئی اور اس کے بعد صرف سڑک ہی سڑک رہ گئی۔ جو ہر لمحے کھلنے والے جیبی فیتے کی طرح لمبی ہی ہوتی جا رہی تھی۔۔۔ اور اب یہ سڑک جہاز کے پیچھے پیچھے آ رہی تھی اور ہر لمحہ سلمہ اور جھُنیا کے درمیان کا فاصلہ لمبا کرتا جا رہا تھا۔

مگر بچی نے سوچا یہ سڑک یہاں سے ہمارے گھر تک جاتی ہے۔ اگر میں یہاں

سے اس سڑک پر چلنا شروع کروں، اور چلتی رہوں، چلتی رہوں، اس وقت سے لے کر شام تک اور شام سے لے کر صبح تک چلتی ہی رہوں، راستے میں ایک بار بھی نہ رکوں، تو ابھی اصطبل کے پچھواڑے مرغی خانے میں مرغے اذان دے رہے ہوں گے کہ میں گھر پہنچ جاؤں گی اور پیچھے سے جا کے سوتی ہوئی جھُنیا کی آنکھیں بند کرلوں گی اور کہوں گی، "جھنیا ری جھنیا۔ بول تو سہی میں کون ہوں۔" اور جب وہ میری آواز پہچان کر میرے پیچھے بھاگے گی تو میں وہاں سے بھاگ کھڑی ہوں گی اور سارے باغ میں اسے دوڑاؤں گی اور اس کے ہاتھ نہ آؤں گی۔ مگر اس وقت تو ڈیڈی وہاں اپنا بھورے رنگ کا ڈریسنگ گاؤن پہنے ٹہل رہے ہوں گے۔ تو پھر کیا ہوا۔ میں ان سے کہہ دوں گی، "ڈیڈی! میں لندن وندن نہیں جاؤں گی۔ میں تو یہاں رہوں گی اور جھنیا کے ساتھ کھیلوں گی اور اس کے ساتھ اصطبل میں جا کر دیکھوں گی کہ ہماری چنبیلی کے بچہ کیسے ہوتا ہے۔"

جہاز کے پیچھے پانی پر سفید جھاگوں کی سڑک سورج کی روشنی میں چمک رہی تھی۔ سلمہ کو ایسا لگا جیسے سڑک مسکرا کر اسے بلا رہی ہے۔ جیسے سڑک کہہ رہی ہے، "چل سلمہ۔ میں تجھے جھُنیا سے ملا دوں۔" اور سوچے بغیر اس نے اس سڑک کی طرف قدم بڑھا ہی دیا۔ مگر وہ سڑک نہیں تھی۔ وہ ایک کنواں تھا، اندھیرا اور ٹھنڈا۔ اور دم گھوٹنے والا اندھا کنواں۔ وہ نیچے جا رہی تھی اور اس کے کان میں ایک لال منھ والے انگریز کی آواز گونج رہی تھی، "یہ سمندر کا لہر چھوٹا چھوٹا بے بی کو کھانا مانگتا ہے۔" اور اب وہ خوفناک لہریں جو ہاتھی کی طرح موٹی تھیں اور اونٹ کی طرح اونچی تھیں اور شیر کی طرح دہاڑتی تھیں اور کہانیوں والے اژدہوں کی طرح پھنکارتی تھیں، بچی

کے چاروں طرف شیطانوں کی طرح ناچ رہی تھیں۔ چلا چلا کر کہہ رہی تھیں، "ہم تمہیں کھا جائیں گے، ہم تمہیں کھا جائیں گے۔"

اور نہ جانے کہاں سے ان کے اصطبل کا دروازہ بہتا ہوا وہاں آگیا اور جب بچی نے وہ دروازہ کھولا تو دیکھا کہ چنبیلی گھاس پر لیٹی ہوئی زور سے سانس لے رہی ہے اور اس کا پیٹ کسی نے کاٹ ڈالا ہے اور پیٹ میں سے اور بھی بھیانک سمندری لہریں باہر نکل رہی ہیں اور پھر ایک سمندر، اور دوسرا سمندر اور تیسرا سمندر سب ایک ہو گئے اور سب مل کر بچی کا گلا گھونٹنے لگے اور اس کے دماغ پر اندھیرا چھانے لگا۔ مگر اس اندھیرے میں گم ہوتے ہوتے اس نے محسوس کیا کہ دو مضبوط ہاتھوں نے اسے پکڑ لیا ہے اور اب وہ کنویں میں نیچے کی طرف نہیں جا رہی، کسی زینے پر چڑھتی ہوئی اوپر کی طرف جا رہی ہے۔ جب کئی گھنٹے بعد بچی کو ہوش آیا اور لہروں کے جہاز سے ٹکرانے کی آواز سنائی دی، تو اس نے ڈر کے مارے آنکھیں بند کر لیں اور دہشت زدہ آواز میں چلائی، "مس صاحب! مجھے سمندر سے بچاؤ۔"

"ارے بھئی یہ مس صاحب کون ہیں، جنھیں آواز دے رہی ہو؟" سلمہ نے آنکھ کھول کر دیکھا کہ دھوپ کمرے میں پھیل چکی ہے اور انور اپنی پیار بھری نگاہوں سے اسے چوم رہا ہے۔

"پیاری بچی! خواب میں پھر ڈر گئیں!"

"نہیں۔" اس نے شوہر کا ہاتھ اپنے سینے پر رکھتے ہوئے کہا، "تم میرے پاس رہو گے تو میں کسی چیز سے نہیں ڈروں گی۔"

"سمندر سے بھی نہیں؟"

"نہیں!" مگر نہ جانے کیوں انور کو محسوس ہوا کہ اس "نہیں" میں یقین اور قطعیت کی کسی قدر کمی ہے۔

علاج، سمندر میں لہریں اٹھ رہی تھیں۔ لہروں میں کشتی ڈول رہی تھی اور کشتی پر ایک سرے پر انور بیٹھا تھا اور دوسرے پر سلمہ۔

(سلمہ سوچ رہی تھی۔۔۔ کہتے ہیں ایسے بھی سچے عاشق ہوتے ہیں جو محبت کی خاطر جان دے دیتے ہیں۔ چلو جی انور میاں، آج تمہاری خاطر ہم بھی جان دیے دیتے ہیں۔)

(اور انور سوچ رہا تھا۔۔۔ بڈھا ڈاکٹر باسو ہے تو بڑا عقل مند آدمی اور نفسیات کا مانا ہوا استاد۔ مگر بڑے میاں نے کہیں مجھے الٹا سبق تو نہیں پڑھا دیا۔ یہ نہ ہو کہ لینے کے دینے پڑ جائیں)

سمندر میں لہریں اٹھ رہی تھیں اور ہر اٹھتی لہر کے ساتھ سلمہ کا دل ڈوبتا جا رہا تھا۔ آنکھیں بند کرتی تھی تو اس کا تخیل اسے سمندر کی اندھیری گہرائی میں لے جاتا تھا۔ یہاں تک کہ اسے اپنا دم گھٹتا محسوس ہونے لگتا اور جب ڈر کے مارے وہ آنکھیں کھول دیتی تو دیکھتی کہ ایک لہر کے بعد دوسری اور دوسری کے بعد تیسری لہر منہ پھاڑے اس کو نگلنے کے لیے چلی آ رہی ہے۔

(ہائے اللہ۔ اس نے سوچا۔ میں نے کمزوری کے کس لمحے میں اس کشتی میں بیٹھنا منظور کر لیا۔ اس سے تو اچھا تھا کہ میں پہلے ہی کہہ دیتی کہ جاؤ بھائی تم ٹاپو پر جا کر مچھیرن کا بچہ جنواؤ۔ اس کا آپریشن کرو، جو چاہے کرو۔ تم کہو گے تو جہنم میں چلی جاؤں گی مگر اس کشتی میں نہیں بیٹھوں گی۔ سمندر کمبخت میں بھی طوفان آ رہا ہے۔

ہائے اللہ؟ تو کیا میں اللہ کو مانتی ہوں؟ کون جانتا ہے، شاید مانتی ہی ہوں۔ کیمبرج میں پڑھا ہوا فلسفہ تو کہتا ہے، اللہ صرف ایک واہمہ ہے، مگر یہاں سمندر کی ان خونخوار لہروں میں تو مجھے ہر طرف خدا کا قہر ہی قہر نظر آرہا ہے۔ نہ جانے کون کون سے گناہ میرے نامہ اعمال میں لکھے ہوئے ہیں، جن کی سزا میں مجھے اس سمندری قبر میں آج دفن کیا جائے گا مگر کیا منکر نکیر سمندر کی تہہ میں پڑے ہوئے مردوں سے بھی سوال وجواب کرتے ہیں؟)

(اور انور سوچ رہا تھا، کمال ہے کہ سلمہ سوئزرلینڈ کی برف سے ڈھکی ہوئی پہاڑیوں کی خطرناک ڈھلوانوں پر سکیٹنگ کر آئی ہے۔ درجنوں بار ہوائی جہاز میں سفر کر چکی ہے۔ خود ساٹھ ستر میل فی گھنٹہ کی رفتار سے موٹر چلاتی ہے لیکن ایک کشتی میں دو میل کے سمندری سفر سے اس کی رنگت پیلی پڑ گئی ہے۔ سمندر کی یہ ہیبت تو اس کے شعور میں چھپی بیٹھی ہے نہ جانے کتنے برسوں سے۔ کیا اس ہیبت کو کوئی بھی وہاں سے نکال سکتا ہے؟ شاید محبت نکال سکتی ہے۔ آج بے چاری میری خاطر اس کشتی میں بیٹھ ہی گئی نا۔ بڑا ظلم کیا ہے میں نے اس کے ساتھ۔)

اس دن سویرے جب وہ سو کر اٹھے تھے تو انور کو یقین نہیں تھا کہ سلمہ اس کے ساتھ آنے کو تیار ہو جائے گی۔ ناشتے کی میز پر سلمہ نے حسب معمول پہلا سوال یہی کیا تھا، "ڈارلنگ! وہ فلیٹ ہمیں کب تک مل جائے گا؟" اور حسب معمول انور نے جواب دیا تھا، "بہت جلد۔ شاید اگلے مہینے ہی ہم شفٹ کر جائیں۔ شاید۔۔۔"

"یہ شاید کیوں؟"

"اس لیے کہ شاید اس عرصے میں تمہارے دل سے سمندر کی ہیبت نکل

جائے اور تم سمندر سے ڈرنا چھوڑ دو۔"

"کون کہتا ہے میں سمندر سے ڈرتی ہوں؟"

"تو پھر یہ گھر کیوں چھوڑنا چاہتی ہو؟"

"بس مجھے سمندر پسند نہیں ہے۔" یہ انور کے لیے ایک اور حیرت کی بات تھی۔ رات کو وہ سمندر سے ڈرتی تھی لیکن دن کے اجالے میں وہ اس خوف کا اقرار کرنے کو تیار نہیں تھی۔

"بس مجھے سمندر پسند نہیں۔" وہ کہے جا رہی تھی، "مجھے سمندر میں کوئی دلچسپی نہیں۔ مجھے تمہارا سمندر بور کرتا ہے۔۔۔" اس کی آواز اونچی ہوتی گئی تھی۔ اس میں ہسٹریا کی کیفیت آتی گئی تھی اور انور نے دیکھا تھا کہ اس کی آنکھوں میں ایک ایسے خوف کی چمک ہے جیسے دن دہاڑے اس نے بھوت دیکھ لیا ہو۔۔۔ دھیرے دھیرے چپو چلاتے ہوئے انور نے کہا، "سلمہ تم نے وہ پکچر دیکھی تھی؟"

"کون سی پکچر؟"

"کیا نام تھا اس کا؟ ہاں۔ اب یاد آیا۔ لیون ہر ٹو ہیون۔"

"ہاں دیکھی تھی۔ مگر اس وقت اس کی یاد کیسے آئی؟"

"اس میں بھی تو سمندر کا ایک سین ہے۔ ایک شکی مزاج بیوی ہے جو دوسری لڑکی کو کشتی میں بٹھا کر سمندر میں لے جاتی ہے۔"

"ہاں۔ شاید کوئی سین تھا تو ایسا۔ اچھی طرح یاد نہیں۔"

"اور بیچ سمندر میں جا کر بیوی اطمینان سے کہتی ہے کہ کشتی کے تختوں میں اس نے ایک سوراخ کر رکھا ہے، جس میں سے پانی بھرتا جا رہا ہے اور اب تھوڑی

دیر میں دونوں ڈوب جائیں گی۔"

"کیا بھیانک کہانی یاد آئی ہے تمہیں؟ بھلا یہ بھی کوئی موقعہ ہے ایسی کہانی سنانے کا؟"

"اس سے بہتر کون سا موقعہ ہو سکتا ہے۔ ہم دونوں کشتی میں ہیں۔ کشتی سمندر میں ہے اور کون جانتا ہے تھوڑی دیر میں سمندر ہماری کشتی میں ہو۔"

"بھئی مجھے ڈراؤ مت۔ خدا کے لیے کوئی اور بات کرو۔ تمہارا سمندر مجھے بور کرتا ہے۔"

"تو سمندر تمہیں بور کرتا ہے؟" انور نے چپوؤں کو پورے زور سے چلاتے ہوئے دانت پیس کر پوچھا اور اپنی آواز میں سے اس نے محبت کے شائبے کو بھی نکال پھینکا۔

"ہاں ہاں۔ بور کرتا ہے۔" سلمہ چلائی اور اسی وقت ایک لہر کا طمانچہ اس زور سے پڑا کہ وہ سر سے پیر تک شرابور ہو گئی۔

"جیسے میں بور کرتا ہوں؟" اور انور کی آواز کا طمانچہ سمندر کی لہر سے بھی بہت زیادہ خوفناک تھا۔

"انور ڈارلنگ! تم کیا کہہ رہے ہو۔ یہ تم کیسے سوچ سکتے ہو۔ میں۔۔۔ میں۔۔۔ تم سے۔۔۔ محبت۔۔۔"

"تم جھوٹ بولتی ہو۔ تم نے آج تک کسی سے محبت نہیں کی۔ نہ مجھ سے، نہ جھُنیا سے۔"

"جھُنیا۔۔۔!" دفعتاً سلمہ کے لاشعور کی تہ میں ہزاروں گھنٹیاں بجنے لگیں۔

ماضی کے پر اسرار دروازے آپ سے آپ کھلنے لگے۔ وہ چلائی، "جھُنیا کے بارے میں تم کیسے جانتے ہو؟"

"ایسے کہ تم ہمیشہ خواب میں چلاتی رہتی ہو۔ جھُنیا مجھے معاف کر دو۔ جھُنیا میں مجبور تھی۔ جھُنیا میں تم تک نہیں آسکتی۔ بیچ میں سمندر ہے اور مجھے سمندر سے ڈر لگتا ہے۔ تقریباً ہر رات کو تم سوتے سوتے یہ بڑبڑاتی ہو لیکن سلمہ جو ڈرتے ہیں، وہ محبت نہیں کر سکتے۔ نہ اپنی بچپن کی سہیلی سے، نہ اپنے شوہر سے۔"

"انور تمہیں کیا ہو گیا ہے؟ یہ کیسی باتیں کر رہے ہو۔۔۔؟ مجھے کس بات کی سزا دے رہے ہو؟"

"جانتی ہو میں کون ہوں؟"

"تم میرے شوہر ہو۔ تم ایک مشہور ڈاکٹر ہو۔۔۔"

"مگر جانتی ہو، میرا باپ کون تھا؟ میں کہاں پیدا ہوا تھا؟ کس خاندان میں؟"

"میں نہیں جانتی اور نہ میں جاننا چاہتی ہوں۔ میں تمہیں جانتی ہوں انور۔۔۔ اور میں کچھ جاننا نہیں چاہتی۔ مجھے ماضی کے دروازے کھولنے میں کوئی دلچسپی نہیں ہے۔"

"اس لیے کہ تم ماضی سے ڈرتی ہو۔۔۔ جیسے تم سمندر سے ڈرتی ہو، جیسے تم زندگی سے ڈرتی ہو، جیسے تم محنت اور مفلسی سے ڈرتی ہو، جیسے تم سچائی سے ڈرتی ہو۔"

"یہ جھوٹ ہے۔ یہ سراسر جھوٹ ہے۔"

"تو سنو! میرا باپ تمہارے باپ سر عظیم اللہ کے دوست راجہ جسپال سنگھ

تعلقدار کے فیل خانے میں مہاوت تھا۔ میں اسی فیل خانے میں پیدا ہوا تھا۔ میں نے سائیسوں اور بھنگیوں کے بچوں کے ساتھ پرورش پائی ہے اور یہ ڈاکٹری، یہ تعلیم، یہ نام، یہ عزت مجھے بخشش ملی ہے اپنے باپ کی جان کے عوض۔ اس لیے کہ وہ راجہ صاحب کا نمک حلال ملازم تھا اور اس نے مالک کی اولاد کی جان بچانے کے لیے اپنی جان دے دی۔"

"یہ سب مجھے کیوں سنا رہے ہو۔ میں نے تم سے محبت کی ہے۔ تم سے شادی کی ہے، تمہارے خاندان سے نہیں۔"

"اسی لیے سنا رہا ہوں کہ جو سچائی سے ڈرتا ہے، وہ مجھ سے کیا کسی سے بھی محبت نہیں کر سکتا۔۔۔ اور اسی لیے آج میں تمہیں یہاں۔۔۔" سلمہ کے منھ سے ایک چیخ نکل گئی۔ کیونکہ اسی دم اس نے دیکھا کہ کشتی آدھی سے زیادہ پانی سے بھر چکی ہے۔

"انور۔۔۔!" وہ چلائی۔

"یہ کیا؟ کیا تم مجھے یوں مارنے کے لیے یہاں لائے تھے؟" انور نے اطمینان سے چپو سمندر میں پھینک دیے۔

"تمہیں تیرنا تو آتا ہوگا ڈارلنگ!"

"آتا ہے۔۔۔ مگر تالاب میں۔۔۔ سمندر میں نہیں۔"

"اسے بھی ایک لمبا چوڑا تالاب ہی سمجھو۔۔۔ صرف گہرائی ذرا زیادہ ہے۔ دو چار ہاتھی ڈباؤ پانی ہوگا۔ وہ سامنے والی چٹانیں زیادہ دور نہیں ہیں۔" اور اب سلمہ کی ہیبت زدہ نگاہوں نے دیکھا کہ کشتی تین چوتھائی پانی سے بھر چکی ہے اور کسی دم میں

ڈوبنے والی ہے۔

"ٹاٹا ڈارلنگ!" اور یہ کہہ کر انور نے پانی میں چھلانگ لگا دی اور ٹاپو کے کنارے کی چٹانوں کی طرف تیر کر جانے لگا اور پھر ایک اونچی سی لہر آئی اور وہ نظر سے اوجھل ہو گیا۔

بچی لہروں کو گن رہی تھی۔ ایک، دو، تین، چار، پانچ کوئی اونچی، کوئی نیچی، کوئی موٹی، کوئی پتلی، کوئی رینگتی ہوئی آرہی تھی، کوئی دوڑتی ہوئی، کوئی چنگھاڑتی ہوئی اور کوئی دہاڑتی ہوئی اور پھر ان سب لہروں کی ایک نانی اماں آئی اور اس کے ساتھ سمندر سچ مچ کشتی میں آگیا اور بیس برس کے بعد بچی آج پھر بھوکی لہروں کے بھیانک جبڑوں میں جا پڑی۔ دور کہیں سے ایک آواز گونجی، "یہ سمندر کا لہر چھوٹا چھوٹا بے بی کو کھانا مانگتا۔"

"چھوٹا بے بی!" نمکین پانی چکھتے ہوئے بچی اندھیرے کنوئیں کی تہہ کی طرف جا رہی تھی، کہ اس کے شعور میں کوئی چیز یکا یک بیدار ہو گئی۔ جیسے سویا ہوا شیر جاگ اٹھتا ہے، غراتا ہوا۔ تو یہ لہریں چھوٹے چھوٹے بے بی کھاتی ہیں مگر میں چھوٹا بے بی نہیں ہوں۔ بندر کی طرح لال منھ والے صاحب، کان کھول کر سن لو۔ میں چھوٹا بے بی نہیں ہوں۔ اور اسی وقت اس کے دونوں ہاتھوں نے اس لال منھ والے صاحب کو اس زور سے دھکا دیا کہ نیچے جانے کی بجائے وہ اوپر کی طرف اٹھنے لگی۔ پھر اس کے شعور میں قریب ہی سے ایک جانی پہچانی پیار بھری آواز نے چڑایا، "تم سچ مچ بچی ہو، بچی ہو۔ بچی ہو۔"

"میں بچی نہیں ہوں۔" سمندر کی تہ سے اوپر اٹھتے ہوئے اس کا دل دھڑکتا ہوا

چلایا۔

"میں بچی نہیں ہوں۔ میری عمر تیس برس ہے۔ میں نے کیمبرج سے فلسفے میں ڈگری لی ہے۔۔۔ میں نے ساری دنیا کا سفر کیا ہے۔ میں نے ماضی اور مستقبل، ہر دروازے اور تہذیب و تمدن کے ہر دریچے میں جھانک کر دیکھا ہے۔" مگر ایک آواز جو انور کی سی آواز تھی، اسے چڑائے جا رہی تھی۔۔۔

"مگر تم نے اپنے اصطبل کے دروازے میں سے جھانک کر نہیں دیکھا کہ گھوڑی کے بچہ کیسے ہوتا ہے؟"

"وہ سب بھی مجھے معلوم ہے۔ جانتے ہو میرا شوہر کتنا بڑا ڈاکٹر ہے۔ اس نے مجھے زندگی کے سب بھید بتا دیے ہیں۔ اس وقت بھی وہ اس ٹاپو پر ایک مچھیرن کا بچہ جنوانے جا رہا ہے۔ یہ اس کی ڈیوٹی میں شامل نہیں ہے، پھر بھی وہ جا رہا ہے کیونکہ اس وقت ہسپتال میں کوئی دوسرا ڈاکٹر موجود نہیں ہے۔۔۔ میرا شوہر بہت بڑا آدمی ہے۔۔۔"

"نہیں نہیں۔ میرا شوہر بہت برا آدمی ہے۔ وہ تو مجھے قتل کرنا چاہتا تھا۔ ہاں اور کیا۔ مگر میں اتنی آسانی سے مرنے والی نہیں ہوں۔" اور یہ سوچ کر اس نے اتنے زور سے ہاتھ پاؤں مارے کہ سمندر کی سطح سے باہر نکل آئی۔۔۔ سامنے ہی ٹاپو کی چٹانیں نظر آ رہی تھیں۔ سامنے سے ایک لہر آئی اور اتنے زور سے اس سے ٹکرائی کہ ایک لمحہ کے لیے سلمہ چکرا گئی۔ مگر اگلے لمحے ہی وہ سوچ رہی تھی، "وہ سمجھتا کیا ہے اپنے آپ کو؟ مہاوت کا بیٹا ہے تو ہوا کرے۔ میرے باپ سر عظیم اللہ بھی تو کبھی معمولی وکیل تھے اور ان کے باپ سلیم اللہ اودھ کے لیفٹننٹ گورنر کے منشی

تھے اور ان کے باپ نعیم اللہ واجد علی شاہ کا حقہ بھرا کرتے تھے، تو اس میں شیخی کی بات کون سی ہے؟" اور اس بار جو ایک لہر جبڑا کھولے اس کی طرف بڑھی تو اس نے عین وقت پر ڈبکی لگا دی اور لہر اس کے اوپر سے گزر گئی۔

"ہونہہ!" اس نے سوچا، "یہ سمندر کا لہر چھوٹا چھوٹا بے بی لوگ کو کھانا مانگتا ہے۔۔۔ ابے انگریز کے بچے۔ جا اپنے بابا لوگ کو ڈرا۔ چلا ہے مجھے ڈرانے!" اور اگلی لہر جو مس میری کی طرح موٹی تازی تھی، جھومتی جھامتی اس کی طرف آئی تو اسے ایسا لگا، جیسے کوئی اس سے کہہ رہا ہو، "اِدھر کہاں جا رہی ہو بے بی۔ تمہارے ڈیڈی چاہتے ہیں تم اُدھر لندن میں فرسٹ کلاس انگلش اسکول میں ایجوکیشن حاصل کرو۔" مگر سلمہ اس لہر کے جبڑوں میں سے یہ سوچتی ہوئی صاف نکل گئی، "ٹاٹا مس صاحب۔ مگر میں تو اب گھر جاؤں گی، اور جھُنیا کے ساتھ کھیلوں گی۔" اور پھر ایک اور لہر آئی۔ اس کیمبرج والے سائیکاٹرسٹ جارج رسل کی طرح دھیمی چال چلتی ہوئی، "سلمہ ڈارلنگ! یو آر ریپرسڈ۔ دیٹ اِز وہاٹ یو آر!" تم قدرت کی گنہ گار ہو کیونکہ تم جنسی اختلاط سے ڈرتی ہو۔" اس لہر کے اوپر سے تو وہ ایسی آسانی سے گزر گئی جیسے اس کی کوئی اہمیت ہی نہ ہو، "جاؤ جاؤ جیورجی بوائے! پہلے اپنے دانتوں کے پائیریا کا علاج کروا کے آؤ۔ پھر ذرا انور سے میرے سائیکو انالی سس کے بارے میں تبادلۂ خیال کرنا۔"

اور پھر لہروں کا سلسلہ ختم ہو گیا اور وہ ٹاپو کے ساحل پر پایاب پانی میں کھڑی ہوئی اپنے بھیگے ہوئے، تھکے ہوئے، چوٹ کھائے ہوئے بدن میں ایک نئی طاقت، ایک نئی تازگی محسوس کر رہی تھی۔ سامنے سرسبز ٹاپو تھا۔ ناریل کے، کمان کی طرح

بل کھاتے ہوئے پیڑ تھے۔ ساحل پر مچھیروں کے جال سوکھ رہے تھے اور دور چھوٹے چھوٹے جھونپڑوں سے دھواں اٹھ رہا تھا۔

"دنیا کتنی خوبصورت ہے۔" اس نے سوچا، "آج سے پہلے تو مجھے کبھی اتنی خوبصورت نہ لگی تھی۔" پھر اس نے مڑ کر دیکھا۔ سمندر دور تک پھیلا ہوا تھا۔ اس پر لہریں دوڑ بھاگ کر رہی تھیں جیسے باپ کے سینے پر بچے کھیلتے ہیں۔ کیا یہی وہ سمندر ہے جس سے وہ کبھی ڈرتی تھی! مگر اسے اس کی کوئی وجہ یاد نہ آئی۔ زمین خوبصورت تھی۔ آسمان اور آسمان پر بکھرے ہوئے بادل خوبصورت تھے، نیلا سمندر خوبصورت تھا۔ حسن کے اس پھیلاؤ میں بس ایک ہی کمی تھی۔ اس کے دل میں ایک ٹیس سی اٹھی تھی۔

"انور۔۔۔!"

"ہائے اس ظالم نے مجھے ڈبونے کی کوشش میں کہیں خود تو جان نہیں دے دی؟" اور اسی دم سامنے سے آتی ہوئی ایک لہر ٹوٹی اور اس میں سے ایک گھنے سیاہ بالوں والا سر نکلا اور دو چوڑے چکلے شانے نکلے اور ایک لمبا تڑنگا جسم نکلا۔

"ہائے اللہ! یہ سمندر کتنا اچھا ہے کہ اس میں سے آج میرے انور نے جنم لیا ہے!"

"انور ڈارلنگ!" اور وہ بھاگ کر اس سے چمٹ گئی۔

"تو تم میرے پیچھے پیچھے آرہے تھے؟ اور میں سمجھی تم مجھے ڈوبنے کے لیے چھوڑ کر چل دیے۔"

"ارے، تم تو رو رہی ہو۔۔۔؟"

"خوشی کے مارے۔"

"تم سچ مچ بچی ہو۔"

"اب تم مجھے جو چاہے کہو۔ میں بچی کہلانے سے نہیں چڑتی۔"

"کیوں؟"

"اس لیے کہ اب میں بچی نہیں رہی۔ آج میں جوان ہو گئی ہوں۔ اچھا ہی ہوا وہ کشتی ڈوب گئی۔"

"اسے تو ڈوبنا ہی تھا۔ پورے ڈیڑھ سو روپے دیے ہیں۔"

"تو تم نے جان بوجھ کر یہ سارا ڈھونگ رچایا تھا؟"

"سمندر سے تمہاری دوستی جو کرانی تھی؟"

"اور جو میں سچ مچ ڈوب جاتی؟"

"جس پانی میں تم ڈوبنے والی تھیں وہ صرف چار فٹ گہرا ہے اور تمہارا قد ساڑھے پانچ فٹ ہے۔"

"تم بڑے فراڈ ہو۔"

"بڑا فراڈ تو فرائیڈ ہے۔"

"اور یہ مچھیرن کی زچگی کا بہانہ؟ یہ سب بھی فرضی تھا؟ تمہارا تو ڈاکٹری بیگ بھی ڈوب گیا۔"

"وہ تو خالی تھا۔۔۔ اصل بیگ لے کر میرا اسسٹنٹ پہلے ہی یہاں آچکا ہے۔"

مچھیرن کے زور زور سے سانس لینے کی آواز آرہی تھی۔ جیسے وہ مر رہی ہو۔ سلمہ باہر کھڑی دروازے کی ریخ میں سے جھانک رہی تھی اور خوف سے اس کا دل

دھڑک رہا تھا۔

"سلمہ اندر آجاؤ۔" اور پھر انور نے مرہٹی میں مچھیرن سے کچھ کہا۔ بیس برس سے جس دروازے کے باہر وہ بچی کھڑی تھی، اسے کھول کر آج وہ اس کے اندر چلی گئی۔

مچھیرن پسینے میں شرابور ہو رہی تھی۔ اس کے چہرے پر کرب سے گہری لکیریں پڑی ہوئی تھیں۔ مگر سلمہ کو دیکھ کر اپنی تکلیف کے باوجود وہ مسکرادی اور اندھیرے جھونپڑے میں اس کے دانت ایسے چمکے جیسے سمندر کی تہ میں سیپ۔ مچھیرن نے مرہٹی میں کچھ کہا۔ انور نے ترجمہ کیا۔ وہ کہہ رہی ہے، "بہن! بھگوان کرے یہ دن ہمیں بھی جلدی نصیب ہو۔"

اور مچھیرن پھر اپنے حیات آفریں کرب میں مبتلا ہوگئی۔ پسینہ، خون اور پھر جیسے مداری ٹوپی میں سے خرگوش نکالتے ہیں، اس کے ہاتھ میں گوشت کا ایک لوتھڑا مگر بے جان۔۔۔ کوئی حرکت نہیں، کوئی آواز نہیں۔ ماں کی آنکھیں بھی بند۔ شاید وہ بھی مرگئی اور پھر ڈاکٹر نے اس گوشت کے لوتھڑے کو زور سے ایک تھپر مارااور جھونپڑے میں ایک ننھی سی آواز نے اپنی زندگی کا اعلان کیا۔ مری ہوئی ماں کی آنکھیں بھی کھل گئیں۔ خوشی سے چمک اٹھیں۔۔۔ ڈاکٹر سے اس ننھے سے زندہ پتلے کو لے کر اس نے اپنے سینے سے چمٹا لیا۔ سلمہ نے اپنے گال پر گرم گرم آنسوؤں کو محسوس کیا۔

"مر مر کے ہی زندگی پیدا ہوتی ہے۔" وہ آنسوؤں کو پیتے ہوئے بولی، "جھنیا کے بابو سچ کہیں تھے۔"

"ازھے بابا؟" مچھیرن نے مرہٹی میں سوال کیا۔

"وہ پوچھتی ہے کہ اس کے بابا کا کیا ذکر ہے۔" انور نے ترجمہ کیا۔ اور اب سلمہ نے زمین پر بیٹھتے ہوئے مچھیرن کا سیاہ مگر چکنا ہاتھ اپنے ہاتھ میں لے کر پوچھا، "بہن! تمہارا نام کیا ہے؟"

"ازھا نام؟" اس نے دہرایا اور سلمہ نے دوستی، محبت اور تشکر کی ایک گرم اور نرم لہر کو اس کے ہاتھ سے اپنے ہاتھ میں دوڑتے ہوئے محسوس کیا اور اسے ایسے لگا جیسے اپنے بچپن سے اس کا بیس برس پہلے کا ٹوٹا ہوا رشتہ آج پھر سے قائم ہو گیا ہے۔

پھر مچھیرن بولی، "ازھا نام۔۔۔ جھُنیا۔۔۔"

***

۵

بھوک

ڈائننگ ٹیبل پر تین قسم کے انڈے رکھے ہوئے تھے۔ ابلے ہوئے انڈے، فرائڈ انڈے، چھ انڈوں کا آملیٹ ایک کانچ کی قاب میں رکھا تھا۔ تین قسم کے سیریل پیکٹوں میں رکھے تھے۔ کویکر اوٹس، کورن فلیکس اور کرسپیز۔ دودھ کا ایک جگ بیچ میں رکھا تھا۔ الیکٹرک ٹوسٹر میں ٹوسٹ رکھے تھے اور اچھل کر باہر آنے کا انتظار کر رہے تھے۔ کافی پاٹ میں کافی تھی۔ چائے دانی میں چائے تھی۔ چاندی کے شگر پاٹ میں شکر تھی۔ یہ سب تھا اور سامنے "بھوک" کھڑی تھی۔

ڈائنگ ٹیبل کے عین سامنے "بھوک" کو رکھ چھوڑا تھا۔ رانی نے مسکرا کر سوچا۔

"کم سے کم بچوں کو تو بھوک لگنی چاہیے۔ اب وہ دودھ پینے اور انڈا کھانے سے انکار تو نہیں کریں گے۔" اس کے تین بچے تھے۔

سب سے بڑا تو راجکمار تھا۔

اس کے بعد شہزادی تھی۔

اور سب سے چھوٹا بلو تھا جس کا اصل نام بکرم تھا۔

اس کا شوہر (اور ان سب بچوں کا باپ) ٹوٹو ٹیکم چند بزنس کے سلسلے میں سال کے آٹھ مہینے غیر ملکوں میں گزارتا تھا۔ وقت گزارنے کے لیے رانی نے اسکچنگ، پینٹنگ اور اب مورتیاں بنانے کے آرٹ کو اپنالیا تھا۔ اب ٹوٹو جب تک جی چاہے بدیش میں رہے اور وہاں کی لڑکیوں سے اپنا دل بہلائے۔ رانی کو اس کی یاد کبھی نہ ستاتی تھی۔ اور اگر کبھی یاد آئی بھی تو اس کے پاس "بھوک" جو تھی۔ جو اس کا شاہکار تصور کیا جاتا تھا۔

"بھوک" ایک قد آدم مورتی تھی جس کو اس نے اسکریپ میٹل (یعنی پرانی دھات کے ٹکڑوں) سے بنایا تھا۔ یہ دھات اسے اپنے شوہر کے پیکنگ ڈپارٹمنٹ سے مفت مل گئی تھی۔ دھات کی پتیاں جو لکڑی کے کریٹ پر لگائی جاتی تھیں وہ ایک کونے میں پڑی ہوئی تھیں، ان کو ہی وہ اٹھالائی تھیں اور لوہے کی سلاخوں کی مدد سے اس نے "بھوک" کا ڈھانچہ کھڑا کرلیا تھا۔ باقی مورتی کی سب لائینیں، سب خدوخال اس نے دھات کی پتیوں کو توڑ مروڑ کر بنالیے تھے۔ "آرٹسٹ ہونا چاہیے، وہ کچرے سے بھی آرٹ تخلیق کر سکتا ہے" یہ سب فن کے نقادوں نے اس کی نمایش میں رکھی ہوئی مورتی "بھوک" کے بارے میں لکھا تھا اور یہ پڑھ کر رانی فخر سے پھولی نہ سمائی تھی۔

ایک نقاد نے لکھا تھا، "جس طرح بھوک انسان کی ایک بنیادی حس ہے، اسی طرح مسز رانی ٹیکم چند کی مورتی "بھوک" آرٹ کا ایک لافانی شاہکار ہے۔ "بھوک" واقعی امر ہے۔

رانی نے "بھوک" کی مورتی بناتے وقت ان سب بھوکے بھکاریوں اور

بھکارنوں کا خیال کیا تھا، جنھوں نے اس سے کبھی بھیک مانگی تھی۔ ایک آدمی تو اسے یاد تھا جو اپنے اندر پچلے ہوئے پیٹ کو بجابجا کر بھیک مانگ رہا تھا۔ اس لیے رانی نے اپنی مورتی کا بھی پچکا ہوا پیٹ بنایا تھا۔ جو مشکل کام نہیں تھا۔ صرف دھات کی پتلی پتیوں کو اندر کی طرف دھکا دے کر پیٹ کو کھوکھلا کر دیا تھا اور مورتی کے ہاتھوں کو جو بالکل پنجر معلوم ہوتے تھے، پیٹ کے اوپر رکھ دیا تھا۔ معلوم ہوتا تھا کہ پیٹ بجا رہے ہیں۔ مورتی واقعی اتنی اصل معلوم ہوتی تھی جیسے اب بولی اب بولی، "میں بھوکا ہوں۔ تین دن سے کھانا نہیں کھایا۔ مجھے بھیک دو۔" یہ آوازیں اپنے تخیل میں رانی نے مورتی کو تخلیق کرتے ہوئے سنی تھیں اور ان آوازوں کو بھی اس نے اپنے آرٹ سے اس مورتی کی آواز سے نہیں، بلکہ اس کے انداز سے آشکار کیا تھا۔ مگر ایک دفعہ اسے بنا کر وہ بھول گئی تھی کہ وہ کیا کہہ رہی ہے یا وہ کیا کہہ رہا ہے۔ اب تو اس کی مورتی مکمل ہوگئی تھی۔ تخیل کا کام آرٹ کو تخلیق دینا ہی تو ہے۔ بس جب آرٹ کی تخلیق ہوگئی تو پھر اس سلسلے کو بھولنا ہی بہتر ہے جس کی مدد سے آرٹ کی تخلیق ہوئی۔

سو آج جب وہ اپنے تین بچوں سمیت کھانے کی میز پر بیٹھی فرنچ دریچوں سے اپنے پائیں باغ میں کھلے ہوئے گلاب کے پھولوں کو دیکھ رہی تھی اور اس کے اور گلاب کے پھولوں کے درمیان وہ "بھوک" کی مورتی حائل تھی تو اس کو مورتی کی یہ جگہ بھونڈی لگی۔ اس لیے "بھوک" کو تین فٹ پرے سرکا دیا گیا۔ اب وہ کونے میں کھڑی کھڑکی کے باہر دیکھ رہی تھی۔ اب رانی اپنے لال پھولوں کو بھی دیکھ سکتی تھی اور اپنے شاہکار "بھوک" کو بھی۔

باہر سے بھی اب راستہ صاف تھا۔ گھر سے باہر کھڑا ہوا آدمی سڑک سے کھانے سے لدی پھندی ڈائننگ ٹیبل کو بھی دیکھ سکتا تھا، کونے میں کھڑی ہوئی "بھوک" کو بھی اور باغ میں لگے ہوئے پھولوں کو بھی۔ رانی کو پھولوں کے پس منظر میں اپنی "بھوک" نظر آتی تھی۔ باہر کھڑے ہوئے فقیر کی نگاہ پھولوں کو پھلانگتی ہوئی صرف ڈائننگ ٹیبل پر جاتی تھی۔ ہر ایک کی نگاہ کو وہی ملتا تھا جس کی اسے تلاش تھی۔ رانی کو حسن کی تلاش تھی۔ باہر کھڑے ہوئے بھکاری کو کھانے کی۔ چاہے کچھ بھی کھانے کو مل جائے۔ کونے میں کھڑی ہوئی "بھوک" پر تو اس کی نگاہ ٹھہرتی ہی نہیں تھی۔ ایک دن جب ڈائننگ ٹیبل خالی ہو چکی تھی صرف اس پر ایک پھول دان رکھا ہوا تھا، بھکاری کی نگاہ "بھوک" پر پڑی مگر وہ آرٹ کا ماہر تھوڑا ہی تھا۔ وہ حسن کا بھوکا نہیں تھا وہ تو ایک روٹی چاہتا تھا۔ "بھوک" اس کی سمجھ میں نہ آئی۔ اسے تو مڑی تڑی ہوئی دھات کا ایک ڈھیر نظر آیا جس کا کوئی مطلب نہیں تھا، سوائے اس کے کہ اسے چند روپے کے عوض بیچا جا سکتا تھا۔

اور پھر ایک دن "بھوک" وہاں سے غائب ہو گئی۔ چرا لی گئی یا اٹھا لی گئی۔ یا بھگا لی گئی۔

رانی نے پولیس میں رپورٹ کی۔

تھانے دار نے پوچھا، "آپ کو کس کس پر شبہ ہے؟"

رانی نے پہلے اپنی رقیب اور سہیلی پرمیلا پونم چند کا نام بتایا جو اس کی "بھوک" کی جو تعریفیں ہوئی تھیں، ان سے بہت جلتی تھی۔

پرمیلا پونم چند کے گھر کی تلاشی لی گئی تو وہاں "بھوک" نہ ملی۔ جب پرمیلا سے

"بھوک" کے بارے میں پوچھا گیا تو اس نے کہا کہ "وہ مورتی جو رانی ٹیکم چند کی سیلف پورٹریٹ معلوم ہوتی ہے؟ مجھے نہیں معلوم وہ کہاں گئی؟ اسے کون اٹھا کر لے جائے گا۔ لے جائے گا تو عمر بھر پچھتائے گا کیونکہ زنگ لگی ہوئی دھات کے ڈھیر کا تو کوئی خریدار نہیں۔ چور بازار میں بھی۔"

اس کے بعد رانی نے ایک اخبار کے آرٹ کریٹک کا نام بتایا۔ کلاکاری اس کا نام تھا اور "کلا" نامی میگزین کا وہ آرٹ اِڈیٹر تھا۔ اس نے "بھوک" کی ذرا بھی تو تعریف نہیں کی تھی۔ اس کے بارے میں لکھا تھا، "لگتا ہے کلاکار کا عمر بھر میں ایک بار بھی "بھوک" سے سابقہ نہیں پڑا اور نہ اس ڈھانچے کو "بھوک" کا نام نہ دیتیں۔ اس کو "عورت" کہتیں۔ عورت نہیں تو مرد کہتیں۔ حقیقت یہ ہے کہ عورت ہے یا مرد، اس کا پتا ہی نہیں چلتا؟

جب پولیس نے کلاکاری صاحب کے گھر کی تلاشی لی تو ان کی میز کی دراز سے دو تصویریں "بھوک" کی ملیں جو انھیں رانی ٹیکم چند نے اپنے میگزین میں چھاپنے کے لیے بھیجی تھیں۔ ان تصویروں کے پیچھے آرٹ کریٹک نے اپنے دھوبی کے کپڑوں کی فہرست لکھ رکھی تھی۔ "اس سے زیادہ مجھے کوئی دلچسپیت نہیں ہے۔ رانی ٹیکم چند کی کلا میں!" اس نے پولیس سے صاف کہا۔

اب تو ایک ہی شبہ رہ گیا۔ جب نمایش ہو رہی تھی تو رانی کے ایک پرانے عاشق پیلو نے اس سے چپکے سے کہا تھا، "مجھے بھی بھوک بہت لگتی ہے۔ ڈارلنگ تمہاری بھوک دیکھ کر میری بھوک بھی جاگ اٹھی ہے۔"

"ہٹو۔ مجھے تمہارا بھونڈا مذاق اچھا نہیں لگتا۔" اس نے ہلکے سے کہا تھا اور اِدھر

ادھر دیکھ کر اس کے گال پر اپنے نرم نرم ریشمی ہاتھوں سے چپت رسید کی تھی! اب اس کو شبہہ ہوا کہ کہیں یہ حرکت پیلو نے نہ کی ہو۔ اس لیے اخیر میں اس نے وہ نام بھی پولیس کو مشتبہ لوگوں کی فہرست میں بتا دیا۔

پیلو ایک اسکائی اسکریپر کی اٹھائیسویں منزل پر رہتا تھا۔ جب پولیس وہاں پہنچی تو وہ اپنا ریشمی ڈریسنگ گاؤن پہنے اپنے ٹریس گارڈن میں بیٹھا تھا۔ جب پولیس والوں نے اس کے فلیٹ کی تلاشی لے کر اس سے رانی کی "بھوک" کے بارے میں پوچھا تو اس نے ہنس کر جواب دیا، "رانی سے کہیے گا کہ اس کا خیال ہے کہ اس کی بھوک میرے پاس ہے، تو اس کے لیے اس کو خُود چل کر میرے گھر آنا پڑے گا۔"

پیلو سے رانی کی پرانی ملاقات، دوستی اور ایک قسم کی محبت تھی۔ بات یہ تھی کہ وہ کرکٹ کا مشہور کھلاڑی تھا۔ اور رانی اپنی طالب علمی کے زمانے میں کرکٹ فین ہوا کرتی تھی۔ جب ہی سے میل ملاقات تھی۔ ایک زمانے میں شاید رانی کو پیلو سے محبت بھی تھی۔ وہ بھی ایک امیر بزنس مین کا بیٹا تھا۔ خوش پوشاک تھا۔ امیرانہ ٹھاٹ سے رہتا تھا۔ اس کے علاوہ مردانہ کسرتی جسم کا مالک تھا۔۔۔ اس کے باوجود اپنے باپ کے ساتھ رانی ایک دفعہ یورپ کی سیر کو گئی ہوئی تھی۔ وہاں سوئٹزرلینڈ میں ٹوٹو ٹیکم چند سے ملاقات ہو گئی۔ دوستی بے تکلفی میں تبدیل ہو گئی۔ ٹوٹو کی دولت نے چکاچوند پیدا کر دی۔ لہٰذا چٹ منگنی اور پٹ بیاہ۔ منگنی سوئٹزرلینڈ میں ہوئی اور بیاہ لندن میں۔ لوٹی تو یہ دونوں مسٹر اور مسز بن چکے تھے۔ پہلے بچے کا حمل بھی ٹھہر چکا تھا۔ پیلو نے کبھی اپنی مایوسی کا اظہار نہیں کیا۔ صرف ایک چاندی کے کرکٹ کا بلا شادی کے تحفے کی صورت میں پریزنٹ کر دیا اور جب سے رانی سے ملنا چھوڑ دیا۔ مگر

رانی کا دل ٹوٹو اور اس کی دولت سے جلد ہی بھر گیا۔ ٹوٹو کو نہ لٹریچر میں دلچسپی تھی نہ آرٹ میں۔ صرف دولت اور دولت جمع کرنے میں۔ اپنی بزنس میں مصروف رہنے میں۔ وہ بھی رانی کے جسم سے تھوڑے دنوں کے بعد اکتا گیا۔ اسے خوبصورت جسموں کی پرکھ پر بڑا ناز تھا۔ ہر بڑے شہر میں۔ لندن میں، نیویارک میں، ٹوکیو میں اور ہانگ کانگ میں۔ جسم تو ہر جگہ بکاؤ ہیں اور ان کا ایک خریدار ٹوٹو تھا اور اب تو شادی کے دس سال بعد اس کا جسم بھی ڈھیلا پڑتا جارہا تھا۔ کچھ توند نکل آئی تھی۔ جو رانی سے اس کے تعلقات میں حارج ہوتی تھی۔ سو اب وہ سال میں دو ایک بار ہی ایک بیڈ روم میں سوتے تھے۔ وہ بھی رانی کے چتر اور چالاکی سے۔ نتیجہ یہ تھا کہ بڑے لڑکے کے بال اور آنکھیں کالی تھیں۔ مگر چھوٹے بچوں کے بال بھورے اور آنکھیں سبزی مائل تھیں۔۔۔ بالکل پیلو کی طرح! مگر یہ ایک ایسا راز تھا جو آج تک کسی نے رانی سے کھول کر نہ کہا تھا۔ ہائی سوسائٹی میں اس قسم کے "حادثات" اور "تعلقات" تو ہوتے ہی رہتے ہیں۔ پیلو کو بھی ان "حادثات" کا علم نہیں تھا اور ٹوٹو کو تو فرصت نہیں تھی اپنے بچوں کی آنکھوں یا ان کے بالوں کے رنگ کے بارے میں سوچنے اور ان کے بارے میں شبہہ کرنے کے لیے۔

سو رانی کو جب پیلو کا پیغام سب انسپکٹر کی معرفت ملا کہ "اپنی بھوک کا اتنا خیال ہے تو رانی صاحبہ سے کہیے گا کہ انھیں خود یہاں آنا پڑے گا۔" تو رانی نے سوچا چلو چل کر دیکھتی ہوں۔ شاید میری "بھوک" کا کچھ پتا چل جائے۔ حالانکہ اس کو خوب معلوم تھا کہ پیلو کا مطلب "بھوک" سے اس کی مورتی نہیں تھا!

وہ اپنی بھوک مٹا کر پیلو کے گھر سے واپس آئی تو اگلے دن ایک بار پھر سب

انسپکٹر سے ملاقات ہو گئی۔ اس بار وہ اس سے کہنے آیا تھا کہ چور بازار میں ایک دھات فروش کے ہاں اس نے مخبر چھوڑے ہیں۔ یقین ہے کہ اس بار مورتی کا پتا ضرور مل جائے گا۔

اس بار سب انسپکٹر کو غور سے دیکھا تو رانی نے محسوس کیا کہ وہ نوجوان ہے اور دیکھنے میں بھی اتنا برا نہیں ہے۔ رنگ ضرور کالا ہے مگر اس کا جسم کچھ کسرتی اور چست ہے۔ جس قسم کا جسم کسی زمانے میں پیلو کا ہوا کرتا تھا۔

"مسز ٹیکم چند" پولیس والے نے مسکراتے ہوئے کہا، "اگر آپ کی مورتی آپ کو واپس مل گئی تو مجھے کیا انعام ملے گا؟"

"جو آپ چاہیں!"

"جو میں چاہوں؟" سب انسپکٹر نے تعجب سے دہرایا۔ "یہ جانتے ہوئے بھی کہ میرا نام کامبلے ہے؟"

رانی جانتی تھی کہ کامبلے دلت ہوتے ہیں جن کو اچھوت سمجھا جاتا ہے۔ مگر وہ چھوت چھات کو نہیں مانتی تھی۔ اس نے جواب دیا۔

"آپ کا نام کامبلے ہے تو کیا ہوا؟ مجھے تو آپ کا نام بہت اچھا لگتا ہے۔ کامبلے۔ یعنی کام کا آدمی۔ آپ اتنا بڑا کام کر دیں گے۔ میری مورتی ڈھونڈ نکالیں گے۔ آپ جو چاہیں مانگ سکتے ہیں۔"

رانی نے اِدھر ادھر دیکھا۔ بچے اسکول اور کنڈر گارٹن گئے ہوئے تھے۔ نوکر سب کچن میں جمع تھے۔ باہر گلاب کے پھول کھلے ہوئے تھے۔

اس نے ایک بار پھر انسپکٹر کامبلے کو دیکھا۔ اس کے کالے چہرے پر پسینہ آرہا

تھا۔ اس کی چمکیلی کالی آنکھوں میں ایک چمک تھی جس کا مطلب وہ خوب سمجھتی تھی۔

اس نے سوچا، "بیچارے کو اور انتظار کرانا اچھا نہیں ہے۔ جو کام کل کرنا ہے وہ آج ہی۔۔۔ ابھی کیوں نہ ہو جائے۔"

"ملایئے ہاتھ۔"

ہاتھ ملاتے ہوئے کامبلے نے کہا، "تھینک یو، مسز ٹیکم چند۔"

"پہلی شرط یہ ہے کہ آیندہ سے مجھے مسز ٹیکم چند نہیں کہو گے۔ میرا نام رانی ہے صرف رانی۔"

"مجھے منظور ہے رانی۔"

اور رانی اس کا ہاتھ پکڑ کر اپنے بیڈ روم میں لے گئی۔

جب "بھوک" ملی تو اس کا حلیہ ہی بدل چکا تھا۔ چور بازار کے دکان دار نے بتایا کہ ایک آدمی نے جو کوئی فقیر معلوم ہوتا تھا اس کے ہاتھ دو روپے میں اس مورتی کو بیچا تھا اور بیچتے ہی سامنے والے ڈھابے کی طرف بھاگا تھا۔ "بیچارہ کئی وقت کا بھوکا معلوم ہوتا تھا!"

دکان دار نے آرٹ کو پھر اس کی اصل شکل پر پہنچا دیا تھا۔ کوٹ پیٹ کر پھر اس کو دھات کا ایک ڈھیر بنا دیا تھا جس کی قیمت اب دس روپے تھی۔ مگر اس کے کوٹنے پیٹنے سے اس کی ایک شکل بن گئی تھی جس کا مطلب رانی جیسی مہاکالاکار ہی جان سکتی تھی۔

بھنگار والے کو دس روپے انعام دے کر رانی نے دھات کے اس ڈھیر کو اپنی

موٹر میں رکھوالیا اور کامبلے کا شکریہ ادا کرتے ہوئے اس نے کہا، "تھینک یو انسپکٹر کامبلے۔"

"مگر آپ کی مورتی تو ضائع ہوگئی؟" کامبلے نے کہا۔

اس سنسار میں کوئی چیز ضائع نہیں ہوتی صرف شکل بدل جاتی ہے۔ پہلے یہ مورتی "بھوک" تھی۔ اب اس کا نام ہوگا "دنیا کا گورکھ دھندا۔"

اگلے سال کی نمایش میں مسز رانی ٹیکم چند نے اپنا نیا شاہکار "دنیا کا گورکھ دھندا" رکھا۔ وہی دھات کا ڈھیر تھا۔ ایک پالش کی ہوئی صندل کی لکڑی کی چوکی پر ٹکایا ہوا تھا۔ اس بار اس کو ایک شیشے کے صندوق میں بند کر کے قفل لگا دیا گیا تھا۔

"دنیا کے گورکھ دھندے" کو ماڈرن آرٹ کی نمایش میں Sculpture Section میں اول انعام ملا اور سوائے "کلا" کے "کلاکاری" کے سب ماڈرن آرٹ کے نقادوں نے اس کی تعریف میں لمبے لمبے مضمون لکھے۔

اب اس واقعے کو دس برس گزر چکے ہیں۔ مسز رانی ٹیکم چند اب سوسائٹی اور آرٹ کی دنیا کی ایک خوبصورت اور بھاری بھرکم ستون مانی جاتی ہیں اور اب وہ بوڑھی عورتوں کے غمناک چہروں کی پینٹنگ کرتی ہیں۔ کہتے ہیں کہ انھیں انسانوں — خصوصاً بوڑھی عورتوں کی آتمامیں، ان کی تھکی ہوئی آنکھوں میں جھانک کر دیکھنے میں بڑا فن کارانہ احساسِ تسکین ملتا ہے۔ اگرچہ وہ خود جب بیوٹی سیلون سے نکلتی ہیں تو اب تک خوبصورت اور جوان لگتی ہیں!

***

۶

نئی جنگ

جس دن صوبیدار راجندر سنگھ کی پینشن مقرر ہوئی تو وہ بہت پریشان تھے۔ ایسا لگتا تھا کہ زندگی کا سب سے بڑا سہارا ہی جاتا رہا۔ صوبیدار نے اپنی ساری عمر فوج میں کاٹی تھی۔ نہ جانے کتنی جنگوں میں جان پر کھیل کر آدھے درجن تمغے حاصل کیے تھے۔ کتنی ہی چھاؤنیوں کی خاک چھانی تھی۔ اپنی بہادری اور مستعدی سے نہ جانے کتنے افسروں کی خوشنودی حاصل کی تھی۔ معمولی سپاہی سے جمعدار اور جمعدار سے صوبیدار مقرر ہوئے تھے۔ فوج کا کوئی ایسا کام نہیں تھا جس میں انھوں نے اپنا سکہ نہ بٹھایا ہو۔ نشانہ بازی میں ہمیشہ نمبر اول۔ چاہے چھاؤنی میں چاند ماری ہو یا فرنٹ پر دشمن کے خلاف لڑائی۔ صوبیدار راجندر سنگھ کا نشانہ کبھی خطا نہیں ہوا تھا۔ اپنے سپاہیوں کو پریڈ کراتے تو ایک ساتھ کام کرنے والی مشینیں بنا دیتے۔ ان کا اپنے رنگروٹوں اور سپاہیوں سے ہمیشہ یہی کہنا ہوتا تھا۔ "ایک ساتھ قدم اٹھاؤ۔ جوانو! ایک ساتھ کاندھے سے کاندھا ملاؤ، سینہ تانو ایسے جیسے فولاد کی دیوار۔ لفٹ رائٹ۔۔۔ لفٹ رائٹ۔۔۔"

پہلی جنگ عظیم میں راجندر سنگھ بالکل جوان تھا۔ جوانی کے جوش میں ایسے لڑتا

تھا جیسے مست ہاتھی۔ عراق، عرب، جرمنی، فرانس۔ جنگ کے کتنے ہی میدانوں میں اس نے اپنی بہادری کے جھنڈے گاڑے تھے اسے کتنے ہی میڈل ملے تھے۔ اس کے انگریز افسروں نے اس کی پیٹھ ٹھونکی تھی۔ جب وہ واپس آیا تھا تو اس کو کہا گیا کہ وہ چاہے تو فوج چھوڑ کر اپنے گاؤں میں کھیتی باڑی کر سکتا ہے۔ اس کی جنگی خدمات کے انعام میں اس کو زمین بھی الاٹ ہوئی تھی۔ نوجوان جمعدار نے اپنے کیپٹن سے کہا تھا۔ "ابھی تو یہی ارادہ ہے صاحب کہ گاؤں جا کے پہلے شادی کروں اور پھر کھیتی باڑی میں اپنے باپ کا ہاتھ بٹاؤں۔" مگر کیپٹن نے کہا، "ویل جمعدار ابھی تمہارا تین مہینے کا چھٹی باقی ہے۔ تم گھر جا سکتا ہے۔ تین مہینے کے اندر ہم کو بولے گا کہ آرمی چھوڑنا مانگتا ہے تو ہم چھوڑ دے گا۔ نہیں تو تم ادھر واپس آ سکتا ہے۔ ہم تم کو اپنی رجمنٹ میں رکھے گا جو فرنٹیئر جانے والی ہے۔"

یہ سن کر نوجوان جمعدار صرف مسکرا دیا تھا۔ اس نے سوچا تھا ہمارے صاحب کو کیا معلوم کلونت کور کیا چیز ہے۔ بھلا کوئی ایسی لڑکی سے بیاہ کرنے کے بعد گھر چھوڑ کر فوج میں جا سکتا ہے؟ کلونت ان کے ہی گاؤں کے پینشنر صوبیدار رنجیت سنگھ کی بیٹی تھی۔ کلونت جس کی رائفل کی نالی جیسی کالی کالی آنکھیں تھیں اور جس کے بازو ایسے گدرائے ہوئے تھے جیسے آرمی کی ڈبل روٹی اور جس کی زبان ایسے چلتی تھی جیسے مشین گن اور جس کی یاد ہر فرنٹ کی ہر ٹرنچ میں راجندر سنگھ کے ساتھ ساتھ ایسے چلتی تھی جیسے ہر رجمنٹ کے ساتھ سیپرز اینڈ مائنرز کا دستہ چلتا ہے۔

مگر چھ برس کے بعد جب وہ اپنے گاؤں پہنچا اور اس کے سب رشتہ دار اور دوست اس سے ملنے، جنگ کے حالات سننے اور اس کے ماں باپ کو اس کی خیریت

سے واپسی پر مبارکباد دینے، راجندر سنگھ کے گھر آئے۔ مگر اس کی آنکھیں کلونت کو ڈھونڈتی رہیں۔ جب سب اپنے اپنے گھر چلے گئے تو اس نے اپنی ماں سے پوچھا، "ماں۔ کلونت نظر نہیں آئی۔" اور تب اس کی ماں نے اسے وہ سب کچھ بتادیا جو تین برسوں سے اس سے چھپاتے آئے تھے اور جس کے بارے میں اس کے ماں باپ نے جان بوجھ کر کسی خط میں ذکر نہیں کیا تھا کہ یہ خبر پڑھ کر نہ جانے وہاں میدان جنگ میں بیٹا کیا کر بیٹھے اور راجندر کو معلوم ہوا کہ کلونت کے بیاہ کو تو تین برس ہو چکے ہیں۔ اس کی شادی قریب کے گاؤں میں ایک نوجوان ٹھیکیدار بختاور سنگھ سے ہو گئی ہے اور اب تو اس کی گود میں ایک بچہ کھیلتا ہے۔

یہ سن کر راجندر کچھ نہیں بولا۔ اسے ایسا محسوس ہوا کہ شادی کی شہنائیاں جو برسوں سے اس کے کانوں میں گونج رہی تھیں اب دور ہوتی جا رہی ہیں۔۔۔ یہاں تک کا وہ یاد کے دھندلکے میں کھو گئیں اور ان کی بجائے بگل کی آہنی چیخ دور سے پکارتی ہوئی قریب آتی گئی اور اس کے شعور میں ہزاروں بم بیک وقت پھٹ پڑے۔

اور اگلے روز صبح صویرے ہی وہ وردی پہن کر واپس جانے کو تیار ہو گیا۔ ماں باپ نے گھبرا کر سبب پوچھا تو اس نے صرف اتنا کہا، "بس دو دن ہی کی چھٹی ملی تھی۔ کل ہماری رجمنٹ فرنٹیئر کے لیے روانہ ہو رہی ہے۔"

فرنٹیکر رزبک، جمرود اور درّۂ خیبر کی چھاؤنیاں۔ کتنے ہی برس اس نے کوشش کی کسی پٹھان کی گولی اس کا سینہ چیر کر اس کم بخت جان لیوا یاد کا گلا گھونٹ دے جو اب تک اس کے دل کو نرغے میں لیے ہوئے ہے۔ پر نہ جانے کیوں ہر گولی اس سے کترا کے نکل گئی۔

آسام، برما کی سرحد، جنگل، ملیریا، اس کے کتنے ہی ساتھی جو گولوں اور گولیوں سے نہ مرے تھے معمولی بخار کا شکار ہو گئے۔ مگر راجندر کو موت نہ آئی۔

دوسری جنگ عظیم میں راجندر نے کہاں کہاں موت کو تلاش نہیں کیا؟ مصر اور لیبیا کے لق و دق ریگستان کو ہیما اور برما کی پہاڑیاں۔ ملایا کے جنگل اور دلدل۔ اس کے سینے پر تمغے لگتے رہے۔ جمعدار سے وہ صوبیدار ہو گیا۔ اس کی داڑھی میں سفید بال چمکنے لگے۔ مگر جتنے بھی زخم اسے لگے ان میں کوئی بھی کاری نہ ثابت ہوا۔ اور ایک یاد کا گھاؤ اندر ہی اندر ستاتا رہا یہاں تک کہ دوسری جنگ عظیم بھی ختم ہو گئی۔ ہندوستان آزاد ہو گیا۔ ملک کی تقسیم ہو گئی اور راجندر سنگھ کو پنشن دیدی گئی۔

چھاؤنی میں یہ اس کا آخری دن تھا۔ وہ N.C.O.S کے میس میں اکیلا بیٹھا بے توجہی سے ریڈیو سن رہا تھا پر ایک جانی بوجھی آواز ہندوستانیوں کو ایک نئی جنگ کے لیے للکار رہی تھی۔

"یہ جنگ کسی بیرونی دشمن کے خلاف نہیں ہے بلکہ اندرونی دشمنوں کے خلاف ہے۔۔۔"

راجندر سنگھ کے فولادی ہاتھ کی پکڑ اپنی رائفل پر اور بھی مضبوط ہو گئی۔

"یہ جنگ ہے جہالت کے خلاف۔۔۔"

"یہ جنگ ہے مفلسی اور بیکاری کے خلاف۔۔۔"

"یہ جنگ ہے بیماری کے خلاف۔۔۔"

"اس جنگ میں خندقیں نہیں کھودی جائیں گی۔ کوئیں کھودے جائیں گے۔"

"اس جنگ میں اپنی حفاظت کے لیے سنگین فصیلیں نہیں بنائی جائیں گی،

سکولوں اور ہسپتالوں کی دیواریں کھڑی کی جائیں گی۔"

"یہ جنگ بندوقوں اور تلواروں، مشین گنوں اور بموں سے نہیں، ہلوں اور کدالوں اور ٹریکٹروں اَور بل ڈوزروں سے لڑی جائے گی۔"

راجندر سنگھ کی سمجھ میں کچھ آیا اور کچھ نہیں آیا۔ اسے ایسا محسوس ہوا کہ اس کے لیے یہ نئ جنگ بھی ایسی ہی ہے تعلق ہے جیسی اور عام جنگیں جو اس نے اب تک لڑی تھیں۔

وہ عربوں سے، ترکوں سے، جرمنوں اور اطالویوں سے اور پھر جاپانیوں سے لڑا تھا۔ حالانکہ اس کو ان سے کوئی دشمنی نہیں تھی۔ صرف اس لیے لڑا تھا کہ یہ اس کے افسروں کا حکم تھا اور آج اس کا سب سے بڑا افسر اسے اس نئ جنگ کے لیے للکار رہا تھا۔ مگر اب بھی صوبیدار راجندر سنگھ کو یہ یقین نہیں تھا کہ یہ جنگ اس کی اپنی جنگ ہے اور اس کے اپنے دشمنوں کے خلاف ہے۔

اس کے دماغ میں اور اس کے دل میں ایک عجیب تنہائی کا، ایک عجیب اندھیرے کا احساس تھا۔ جیسے کالی رات میں کوئی سپاہی جنگل میں راستہ بھول جائے اور اسے یہ نہ معلوم ہو کہ دشمن کی فوج کدھر ہے۔ آج اسے اپنی رجمنٹ سے چھٹی مل جائے گی۔ اس کے بعد وہ کہاں جائے گا، کیوں جائے گا، کہاں رہے گا، کیا کرے گا۔ ماں، باپ دونوں مدت کے مر چکے تھے اب گاؤں میں اس کا کون ہے۔ جس کے پاس وہ جائے۔

اتنے میں اسے کسی کے نئے فوجی جوتوں کی کھٹ کھٹ سنائی دی۔ صوبیدار نے دیکھا کہ ایک نوجوان رنگروٹ جس کے نرم نرم سر کے بال پگڑی سے باہر نکلے

ہوئے تھے اور جس کے چہرے پر داڑھی کی جگہ ابھی صرف سنہری رواں ہی اگا ہے۔ جو پہلی بار وردی پہن کر عجیب عجیب لگ رہا ہے اور جس کی نگاہیں اِدھر ادھر کسی کو ڈھونڈ رہی ہیں۔ اور نہ جانے اسے کیسے یہ محسوس ہوا کہ اس نے اس لڑکے کو کہیں دیکھا ہے۔

"صوبیدار راجندر سنگھ آپ ہی ہیں؟"

"ہاں میں ہی ہوں۔ تم کون ہو۔۔۔ بیٹا؟" اور نہ جانے اس نوجوان کو بیٹا کہنا راجندر سنگھ کو کیوں اچھا لگا۔

"جی میرا نام امر سنگھ ہے۔"

"تمہارے پتا کا نام؟"

"بخت آور سنگھ۔"

"کیا کام کرتے ہیں؟"

"جی وہ ٹھیکیداری کرتے تھے۔ پر کئی برس ہوئے ان کا دیہانت ہو گیا۔"

"اور تم ٹھیکیدار کے بیٹے ہو کر فوج میں بھرتی ہونے آئے ہو۔ کیوں؟"

"میری ماں نے کہا۔ مجھے فوج میں بھرتی ہونا چاہیے۔ دیش کی حفاظت کرنے کے لیے۔"

"بڑی بہادر ماں ہے تمہاری۔ مگر میرا نام تمھیں کس نے بتایا؟"

"ماں نے۔ وہ کہتی تھیں صوبیدار صاحب کے پاس جانا وہ تمھیں فوج کے بارے میں سب بتا دیں گے۔"

"اور کچھ بھی کہا تھا؟"

"کہا تھا صوبیدار صاحب سے کہنا ان کے گاؤں کی حالت بہت خراب ہے۔"

"کہاں رہتی ہے تمہاری ماں۔"

"اپنے بابا کے گاؤں۔ سنگھپور میں۔ تو آپ جائیں گے نا؟"

"ہاں۔ بیٹا۔ ضرور جاؤں گا۔ بلکہ آج ہی، ابھی۔ وہیں جارہا ہوں۔ چلو میں تمھیں اپنے کمانڈر صاحب سے ملادوں۔ تمھیں فوج میں سنگھپورا کے بہادر نوجوانوں کا نام امر رکھنا ہے۔"

وہ دونوں ایک بوڑھا اور ایک جوان۔ ایک پینشنر اور ایک رنگروٹ قدم سے قدم ملائے کیپٹن کے آفس کی طرف چلے اور ان کے بوٹوں کی آواز دور تک برامدے میں گونجتی رہی۔

اور اس شام کو جب صوبیدار نے اپنے گاؤں کی سرحد میں قدم رکھا اور تالاب پر مچھر بھنبھناتے دیھا اور ملیریا کے مارے کسانوں کو دیکھا اور ان کے ٹوٹے پھوٹے جھونپڑے دیکھے اور ہڈیاں نکلے ہوئے بیلوں کو دیکھا اور سوکھیا کے مارے بچوں کو چیتھڑے پہنے گاؤں کی گندی گلیوں میں کھیلتے دیکھا تو اسے دور جنگی بگل بجنے کی آواز سنائی دی۔۔۔ یہ اعلان جنگ تھا لیکن کسی انسانی دشمن کے خلاف نہیں بلکہ انسان کے دشمنوں کے خلاف۔ غربت کے خلاف۔ گندگی کے خلاف۔۔۔ بیماریوں کے خلاف۔

اور ایک بار پھر راجندر سنگھ کا سینہ عزم سے تن گیا۔

اسے اب نئی جنگ لڑنی تھی۔

***

۷

کھدر کا کفن

تیس برس کی بات ہے جب میں بالکل بچّہ تھا۔ ہمارے پڑوس میں ایک غریب بوڑھی رہتی تھی۔ اس کا نام تو حکمین تھا مگر لوگ اُسے حکّو کہہ کر پُکارتے تھے۔ اس وقت شاید ساٹھ برس کی عمر ہو گی، جوانی میں ہی ودھوا ہو گئی تھی اور عمر بھر اپنے ہاتھ سے کام کر کے اپنے بچوں کو پالا تھا۔ بوڑھی ہو کر بھی وہ سورج نکلنے سے پہلے اٹھتی تھی۔ گرمی ہو یا جاڑا۔ ابھی ہم اپنے اپنے لحافوں میں دبکے پڑے ہوتے کہ اس کے گھر سے چکّی کی آواز آنی شروع ہو جاتی۔ دن بھر جھاڑو دیتی، چرخہ کاتتی، کپڑا بنتی، کھانا پکاتی، اپنے لڑکے لڑکیوں، پوتے نواسوں کے کپڑے دھوتی۔ اس کا گھر بہت ہی چھوٹا تھا۔ ہمارے اتنے بڑے آنگن والے گھر کے مقابلے میں وہ جوتے کے ڈبّے جیسا لگتا تھا۔ دو کوٹھریاں، ایک پتلا سا دالان اور نام کے واسطے دو تین گز لمبا چوڑا صحن مگر اتنا صاف ستھرا اور ایسا لِپا پُتا رکھتی تھی کہ سارے محلے میں مشہور تھا کہ حکّو کے گھر کے فرش پر کھیلیں بکھیر کر کھا سکتے ہیں۔ صبح سویرے سے لے کر رات گئے تک وہ کام کرتی تھی پھر بھی جب کبھی حکّو ہمارے گھر آتی ہم اسے ہشّاش ہی پاتے۔ بڑی ہنس مکھ تھی وہ۔ مجھے اس کی صورت اب تک یاد ہے۔ گہرا سانولا رنگ

جس پر اُس کے سفید بگلا سے بال خوب کھلتے تھے۔ اس کی کاٹھی بڑی مضبوط تھی۔ اس کی کمر مرتے دم تک نہیں جھکی۔

آخر دنوں میں کئی دانت ٹوٹ گئے تھے جس سے بولنے میں پوپلے پن کا انداز آنداز آگیا تھا۔ بڑے مزے کی باتیں کرتی تھی اور جب ہم بچّے اسے گھیر لیتے تو کبھی تین شہزادوں، کبھی سات شہزادوں، کبھی جِنوں اور پریوں کی کہانی سناتی۔۔۔ وہ پردہ نہیں کرتی تھی۔ اپنا سارا کاروبار خود چلاتی تھی۔ حکّو پڑھی لکھی بالکل نہیں تھی، نہ اُس نے عورتوں مردوں کی برابری کا اصول سنا تھا، نہ جمہوریت نہ اشتراکیت کا، پھر بھی حکّو نہ کسی مرد سے ڈرتی تھی نہ کسی امیر، رئیس، افسر اور داروغہ سے ڈرتی تھی۔ حکّو نے عمر بھر محنت کر کے اپنے بال بچّوں کے لیے بہت پیسے جمع کیے تھے۔ بے چاری نے بینک کا تو نام نہ سنا تھا۔ اس کی ساری پونجی (جو شاید سو دوسو روپے ہو،) چاندی کے گہنوں کی شکل میں اس کے کانوں، گلے اور ہاتھوں میں پڑی ہوئی تھی۔ چاندی کی بالیوں سے اُس کے جھکے ہوئے کان مجھے اب تک یاد ہیں۔ ان گہنوں کو وہ جان سے بھی زیادہ عزیز رکھتی تھی۔ کیوں کہ یہ ہی اُس کے بڑھاپے کا سہارا تھے۔ مگر ایک دن سب محلے والوں نے دیکھا نہ حکّو کے کان میں بالیاں ہیں، نہ اُس کے گلے میں ہنسلی، نہ اُس کے ہاتھوں میں کڑے اور چوڑیاں پھر بھی اُس کے چہرے پر وہی پرانی مسکراہٹ تھی اور کمر میں نام کو بھی خم نہیں۔

ہوا یہ کہ ان دنوں مہاتما گاندھی، علی برادران کے ساتھ پانی پت آئے۔ ہمارے نانا کے مکان میں انھوں نے تقریریں کیں۔ ترکِ موالات اور سوراج کے بارے میں حکو بھی ایک کونے میں بیٹھی ہوئی سنتی رہی۔ بعد میں چندہ جمع کیا تو اس

نے اپنا سارا زیور اتار کر ان کی جھولی میں ڈال دیا اور اس کی دیکھا دیکھی اور عورتوں نے بھی اپنے اپنے زیور اتار کر چندے میں دے دیے۔ اس دن سے حکّو "خلافتی" ہو گئی۔ ہمارے ہاں آکر نانا ابّا سے خبریں سنا کرتی اور اکثر پوچھتی۔۔۔ یہ انگریزوں کا راج کب ختم ہو گا؟" خلافت یا کانگریس کے جلسے ہوتے تو ان میں بڑے چاؤ سے جاتی اور اپنی سمجھ بوجھ کے مطابق سیاسی تحریک کو سمجھنے کی کوشش کرتی۔۔۔ مگر عمر بھر کی محنت سے اس کا جسم کھوکھلا ہو چکا تھا۔ پہلے آنکھوں نے جواب دیا، پھر ہاتھ پاؤں نے حکّو نے گھر سے نکلنا بند کر دیا مگر چرخہ کاتنا نہ چھوڑا۔ عمر بھر کی مشق کے سہارے آنکھوں بغیر بھی کپڑا بُن لیتی۔ بیٹوں، پوتوں نے منع کیا تو اس نے کہا کہ وہ یہ کھدّر اپنے کفن کے لیے بُن رہی ہے۔ پھر حکّو مر گئی۔

اس کی آخری وصیت یہ تھی کہ "مجھے میرے بنے ہوئے کھدر کا کفن دینا۔ اگر نگریزی کپڑے کا دیا تو میری روح کو کبھی چین نصیب نہ ہو گا۔" ان دنوں کفن لٹھّے کے دیے جاتے تھے کھدّر کا پہلا کفن حکو کو ہی ملا۔ اس کا جنازہ اٹھا تو اس کے چند رشتے دار اور دو تین پڑوسی تھے۔ نہ جلوس نہ پھول نہ جھنڈے بس ایک کھدّر کا کفن۔

***

۸

میری موت

لوگ سمجھتے ہیں کہ سردار جی مارے گئے۔ نہیں۔ یہ میری موت ہے۔ پرانے "میں" کی موت۔ میرے تعصبات کی موت۔ اس منافرت کی موت جو میرے دل میں تھی۔ میری یہ موت کیسے ہوئی؟ یہ بتانے کے لیے مجھے اپنے پرانے مردہ "میں" کو زندہ کرنا پڑے گا۔

میرا نام شیخ برہان الدین ہے۔ جب دہلی اور نئی دہلی میں فرقہ وارانہ قتل و غارت کا بازار گرم اور مسلمان کا خون سستا ہو گیا تو میں نے سوچا واہ ری قسمت۔ پڑوسی بھی ملا تو سکھ۔ حق ہمسائیگی ادا کرنا اور جان بچانا تو کجا، نہ جانے کب کرپان بھونک دے۔ بات یہ ہے کہ اس وقت تک میں سکھوں پر ہنستا بھی تھا۔ ان سے ڈرتا بھی تھا اور کافی نفرت بھی کرتا تھا۔ آج سے نہیں بچپن سے۔ میں شاید چھ برس کا تھا جب پہلی بار میں نے ایک سکھ کو دیکھا تھا جو دھوپ میں بیٹھا اپنے بالوں میں کنگھی کر رہا تھا۔ میں چلا پڑا، "ارے وہ دیکھو، عورت کے منہ پر کتنی لمبی داڑھی!" جیسے جیسے عمر گزرتی گئی، یہ استعجاب ایک نسلی نفرت میں تبدیل ہوتا گیا۔

گھر کی بڑی بوڑھیاں جب کسی بچے کے بارے میں نامبارک بات کا ذکر

کرتیں۔ مثلاً یہ کہ اسے نمونیہ ہوگیا تھا، یا اس کی ٹانگ ٹوٹ گئی تھی تو کہتیں، "اب سے دور کسی سکھ فرنگی کو نمونیہ ہوگیا تھا یا اب سے دور کسی سکھ فرنگی کی ٹانگ ٹوٹ گئی تھی۔ بعد کو معلوم ہوا کہ یہ کوسنا ۱۸۵۷ء کی یادگار تھا۔ جب ہندو مسلمانوں کی جنگِ آزادی کو دبانے میں پنجاب کے سکھ راجوں اور ان کی فوجوں نے فرنگیوں کا ساتھ دیا تھا۔ مگر اس وقت تاریخی حقائق پر نظر نہیں تھی، صرف ایک مبہم سا خوف، ایک عجیب سی نفرت اور ایک عمیق تعصب۔ ڈر انگریز سے بھی لگتا تھا اور سکھ سے بھی، مگر انگریز سے زیادہ۔

مثلاً جب میں کوئی دس برس کا تھا، ایک روز دہلی سے علی گڑھ جا رہا تھا۔ ہمیشہ تھرڈ یا انٹر میں سفر ہوتا تھا۔ سوچا کہ اب کی بار سیکنڈ کلاس میں سفر کر کے دیکھا جائے۔ ٹکٹ خرید لیا اور ایک خالی ڈبے میں بیٹھ کر گدوں پر خوب کودا، باتھ روم کے آئینے میں اُچک اُچک کر اپنا عکس دیکھا۔ سب پنکھوں کو ایک ساتھ چلا دیا۔ روشنیوں کو کبھی جلایا کبھی بجھایا۔ مگر ابھی گاڑی کے چلنے میں دو تین منٹ باقی تھے کہ لال لال منھ والے چار فوجی گورے آپس میں ڈیم بلاڈی قسم کی گفتگو کرتے ہوئے درجے میں گھس آئے۔ ان کو دیکھنا تھا کہ سیکنڈ کلاس میں سفر کرنے کا شوق رفو چکر ہوگیا اور اپنا سوٹ کیس گھسیٹتا میں بھاگا اور ایک نہایت کھچا کھچ بھرے ہوئے تھرڈ کلاس کے ڈبے میں آکر دم لیا۔ یہاں دیکھا کوئی سکھ داڑھیاں کھولے، کچھے پہنے بیٹھے تھے مگر میں ان سے ڈر کر درجہ چھوڑ کر نہیں بھاگا۔ صرف ان سے ذرا فاصلے پر بیٹھ گیا۔

ہاں، تو ڈر سکھوں سے بھی لگتا تھا اور انگریزوں سے ان سے زیادہ۔ مگر انگریز

انگریز تھے اور کوٹ پتلون پہنتے تھے جو میں بھی پہننا چاہتا تھا اور ڈیم بلاڈی فول والی زبان بولتے تھے جو میں بھی سیکھنا چاہتا تھا۔ اس کے علاوہ وہ حاکم تھے اور میں بھی چھوٹا موٹا حاکم بننا چاہتا تھا۔ وہ کانٹے کی چھری سے کھانا کھاتے تھے اور میں بھی کانٹے چھری سے کھانا کھانے کا خواہاں تھا تاکہ دنیا مجھے بھی مہذب اور متمدن سمجھے مگر سکھوں سے جو ڈر لگتا تھا، وہ حقارت آمیز۔ کتنے عجیب الخلقت تھے یہ سکھ جو مرد ہو کر بھی سر کے بال عورتوں کی طرح لمبے لمبے رکھتے تھے۔ یہ اور بات ہے کہ انگریزی فیشن کی نقل میں سر کے بال منڈانا کچھ مجھے بھی پسند نہیں تھا۔ ابا کے اس حکم کے باوجود کہ ہر جمعہ کو سر کے بال خشخشی کرائے جائیں، میں نے بال خوب بڑھا رکھے تھے، تاکہ ہاکی اور فٹ بال کھیلتے وقت بال ہوا میں اڑیں جیسے انگریزی کھلاڑیوں کے۔

ابا کہتے، "یہ کیا عورتوں کی طرح پٹے بڑھا رکھے ہیں مگر ابا تو تھے ہی پرانے دقیانوسی خیال کے۔ ان کی بات کون سنتا تھا۔ ان کا بس چلتا تو سر پر استرا چلوا کر بچپن میں بھی ہمارے چہروں پر داڑھیاں بندھوا دیتے۔۔۔ ہاں اس پر یاد آیا کہ سکھوں کے عجیب الخلقت ہونے کی دوسری نشانی ان کی داڑھیاں تھیں اور پھر داڑھی، داڑھی میں بھی فرق ہوتا ہے۔ مثلاً ابا کی داڑھی جس کو نہایت اہتمام سے نائی فرنچ کٹ بنایا کرتا تھا یا تایا ابا کی جو نکیلی اور چونچ دار تھی۔ مگر یہ بھی کیا کہ داڑھی کو کبھی قینچی لگے ہی نہیں۔ جھاڑ جھنکار کی طرح بڑھتی ہی رہے بلکہ تیل اور دہی اور نہ جانے کیا کیا مل کر بڑھائی جائے اور جب کئی فٹ لمبی ہو جائے تو اس میں کنگھی کی جائے جیسے عورتیں سر کے بالوں میں کرتی ہیں۔۔۔ عورتیں یا مجھ جیسے

اسکول کے فیشن ایبل لڑکے۔ اس کے علاوہ دادا جان کی داڑھی بھی کئی فٹ لمبی تھی اور وہ بھی اس میں کنگھی کرتے تھے۔ مگر دادا جان کی بات اور تھی۔ آخر وہ۔۔۔ میرے دادا جان ٹھیرے اور سکھ پھر سکھ تھے۔

میٹرک کرنے کے بعد مجھے پڑھنے لکھنے کے لیے مسلم یونیورسٹی علی گڑھ بھیجا گیا۔ کالج میں جو پنجابی لڑکے پڑھتے تھے، ان کو ہم دہلی اور یوپی والے پینچ، جاہل اور اجڈ سمجھتے تھے۔ نہ بات کرنے کا سلیقہ نہ کھانے پینے کی تمیز۔ تہذیب و تمدن چھو نہیں گئے تھے۔ گنوار، لٹھ۔ یہ بڑے بڑے لسی کے گلاس پینے والے بھلا کیوڑے دار فالودے اور لپٹن کی چائے کی لذت کیا جانیں۔ زبان نہایت ناشائستہ۔ بات کریں تو معلوم ہو لڑ رہے ہیں۔ اسی، لسی، ساڈے، تہاڈے۔۔۔ لاحول ولا قوۃ۔ میں تو ہمیشہ ان پنجابیوں سے کتراتا تھا مگر خدا بھلا کرے ہمارے وارڈن صاحب کا کہ انہوں نے ایک پنجابی کو میرے کمرے میں جگہ دے دی۔ میں نے سوچا چلو جب ساتھ ہی رہنا ہے تو تھوڑی بہت حد تک دوستی ہی کرلی جائے۔ کچھ دنوں میں کافی گاڑھی چھننے لگی۔ اس کا نام غلام رسول تھا۔ راولپنڈی کا رہنے والا تھا۔ کافی مزے دار آدمی تھا اور لطیفے خوب سنایا کرتا تھا۔

اب آپ کہیں گے ذکر شروع ہوا تھا سر دار صاحب کا۔ یہ غلام رسول کہاں سے ٹپک پڑا۔ مگر اصل میں غلام رسول کا اس قصے سے قریبی تعلق ہے۔ بات یہ ہے کہ وہ جو لطیفے سناتا تھا وہ عام طور سے سکھوں کے بارے میں ہوتے تھے جن کو سن سن کر مجھے پوری سکھ قوم کی عادات و خصائص، ان کی نسلی خصوصیات اور اجتماعی کیریکٹر کا بخوبی علم ہو گیا تھا۔ بقول غلام رسول کے،

سکھ تمام بیوقوف اور بدھو ہوتے ہیں۔ بارہ بجے تو ان کی عقل بالکل خبط ہو جاتی ہے۔ اس کے ثبوت میں کتنے ہی واقعات بیان کیے جاسکتے ہیں۔ مثلاً ایک سردار جی دن کے بارہ بجے سائیکل پر سوار امرت سر کے ہال بازار سے گزر رہے تھے۔ چوراہے پر ایک سکھ کانسٹبل نے روکا اور پوچھا، "تمہاری سائیکل کی لائٹ کہاں ہے؟" سائیکل سوار سردار جی گڑگڑا کر بولے، "جمعدار صاحب ابھی ابھی بجھ گئی ہے گھر سے جلا کر تو چلا تھا۔" اس پر سپاہی نے چالان کرنے کی دھمکی دی۔ ایک راہ چلتے سفید داڑھی والے سردار جی نے بیچ بچاؤ کرایا، "چلو بھئی کوئی بات نہیں۔ لائٹ بجھ گئی ہے تو اب جلا لو۔" اور اسی قسم کے سیکڑوں قصے غلام رسول کو یاد تھے اور انہیں جب وہ پنجابی مکالموں کے ساتھ سناتا تھا تو سننے والوں کے پیٹ میں بل پڑ جاتے تھے۔ اصل میں ان کو سننے کا مزہ پنجابی ہی میں تھا کیونکہ اجڈ سکھوں کی عجیب وغریب حرکتوں کے بیان کرنے کا حق کچھ پنجابی جیسی اجڈ زبان ہی میں ہو سکتا ہے۔

سکھ نہ صرف بیوقوف اور بدھو تھے بلکہ گندے تھے جیسا کہ ایک ثبوت تو غلام رسول کا (جس نے سیکڑوں سکھوں کو دیکھا تھا) یہ تھا کہ وہ بال نہیں منڈاتے تھے۔ اس کے علاوہ برخلاف ہم صاف ستھرے نمازی مسلمانوں کے جو ہر اٹھوارے جمعہ کے جمعہ غسل کرتے ہیں، یہ سکھ کچھ باندھ سب کے سامنے نل کے نیچے بیٹھ کر نہاتے تو روز ہیں مگر اپنے بالوں اور داڑھی میں نہ جانے کیا کیا گندی اور غلیظ چیزیں ملتے ہیں۔ مثلاً دہی۔ ویسے تو میں بھی سر میں لائم جیوس گلیسرین لگاتا ہوں جو کسی قدر گاڑھے گاڑھے دودھ سے مشابہ ہوتی ہے مگر اس کی بات اور ہے۔ وہ ولایت کی

مشہور پرفیومر فیکٹری سے نہایت خوبصورت شیشی میں آتی ہے اور دہی کسی گندے سندے حلوائی کی دکان سے۔

خیر جی ہمیں دوسروں کے رہنے سہنے کے طریقوں سے کیا لینا۔ مگر سکھوں کا سب سے بڑا قصور یہ تھا کہ یہ لوگ اکھڑپن، بدتمیزی اور مار دھاڑ میں مسلمانوں کا مقابلہ کرنے کی جرات کرتے تھے۔ اب دنیا جانتی ہے کہ ایک اکیلا مسلمان دس ہندوؤں یا سکھوں پر بھاری ہوتا ہے۔ مگر پھر یہ سکھ مسلمانوں کے رعب کو نہیں مانتے تھے۔ کرپانیں لٹکائے، اکڑ اکڑ کر مونچھوں بلکہ داڑھی پر بھی تاؤ دیتے چلتے تھے۔ غلام رسول کہتا ان کی ہیکڑی ایک دن ہم ایسی نکالیں گے کہ خالصہ جی یاد ہی تو کریں گے۔

کالج چھوڑے کئی سال گزر گئے۔ طالب علم سے میں کلرک اور کلرک سے ہیڈ کلرک بن گیا۔ علی گڑھ کا ہوسٹل چھوڑ نئی دہلی میں ایک سرکاری کوارٹر میں رہنا سہنا اختیار کر لیا۔ شادی ہوگئی۔ بچے ہوگئے، مگر کتنی ہی مدت کے بعد مجھے غلام رسول کا وہ کہنا یاد آیا۔ جب ایک سردار صاحب میرے برابر کے کوارٹر میں رہنے کو آئے۔۔۔ یہ راولپنڈی سے بدلی کرا کر آئے تھے کیونکہ راولپنڈی کے ضلع میں غلام رسول کی پیشن گوئی کے بموجب سرداروں کی ہیکڑی اچھی طرح سے نکالی گئی تھی۔ مجاہدوں نے ان کا صفایا کر دیا تھا۔ بڑے سورما بنتے تھے، کرپانیں لیے پھرتے تھے۔ بہادر مسلمانوں کے سامنے ان کی ایک نہ بنی۔ ان کی داڑھیاں مونڈ کر ان کو مسلمان بنایا گیا تھا۔ زبردستی ان کا ختنہ کیا گیا تھا۔ ہندو پریس حسب عادت مسلمانوں کو بدنام کرنے کے لیے یہ لکھ رہا تھا کہ سکھ عورتوں اور بچوں کو بھی مسلمانوں نے قتل کیا

ہے۔ حالانکہ یہ اسلامی روایات کے خلاف ہے۔ کوئی مسلمان مجاہد کبھی عورت یا بچے پر ہاتھ نہیں اٹھاتا۔ رہیں عورتوں اور بچوں کی لاشوں کی تصویریں جو چھاپی جا رہی تھیں، وہ یا تو جعلی تھیں اور یا سکھوں نے مسلمانوں کو بدنام کرنے کے لیے خود اپنی عورتوں اور بچوں کو قتل کیا ہو گا۔

راولپنڈی اور مغربی پنجاب کے مسلمانوں پر یہ بھی الزام لگایا گیا تھا کہ انہوں نے ہندو اور سکھ لڑکیوں کو بھگایا تھا، حالانکہ واقعہ صرف اتنا ہے کہ مسلمانوں کی جواں مردی کی دھاک بیٹھی ہے اور اگر نوجوان مسلمانوں پر ہندو اور سکھ لڑکیاں خود ہی لٹو ہو جائیں تو ان کا کیا قصور ہے کہ وہ تبلیغ اسلام کے سلسلے میں ان لڑکیوں کو اپنی پناہ میں لے لیں۔ ہاں تو سکھوں کی نام نہاد بہادری کا بھانڈا پھوٹ گیا تھا۔ بھلا اب تو ماسٹر تارا سنگھ لاہور میں کرپان نکال کر مسلمانوں کو دھمکیاں دے۔ پنڈی سے بھاگے ہوئے سردار اور اس کی خستہ حالی کو دیکھ کر میرا سینہ عظمتِ اسلام کی روح سے بھر گیا۔

ہمارے پڑوسی سردار جی کی عمر کوئی ساٹھ برس کی ہوگئی۔ داڑھی بالکل سفید ہو چکی تھی، حالانکہ موت کے منہ سے بچ کر آئے تھے۔ مگر یہ حضرت ہر وقت دانت نکالے ہنستے رہتے تھے، جس سے صاف ظاہر ہوتا تھا کہ وہ دراصل کتنا بیوقوف اور بے حس ہے۔ شروع شروع میں انہوں نے مجھے اپنی دوستی کے جال میں پھنسانا چاہا۔ آتے جاتے زبردستی باتیں کرنا شروع کر دیں۔ نہ جانے سکھوں کا کون سا تہوار تھا، اس دن پرشاد کی مٹھائی بھی بھیجی (جو میری بیوی نے فوراً مہترانی کو دے دی) پر میں نے زیادہ منہ نہ لگایا۔ کوئی بات ہوئی سوکھا سا جواب دے دیا اور بس۔ میں جانتا

تھا کہ سیدھے منہ دوچار باتیں کرلیں تو یہ پیچھے ہی پڑ جائے گا۔ آج باتیں تو کل گالم گفتار۔

گالیاں تو آپ جانتے ہی ہیں، سکھوں کی دال روٹی ہوتی ہے۔ کون اپنی زبان گندی کرے ایسے لوگوں سے تعلقات بڑھاکر۔ ہاں ایک اتوار کی دوپہر کو میں اپنی بیوی کو سکھوں کی حماقت کے قصے سنا رہا تھا۔ اس کا عملی ثبوت دینے کے لیے عین بارہ بجے میں نے اپنے نوکر کو سردار جی کے ہاں بھیجا کہ پوچھ کر آئے کیا بجا ہے؟ انہوں نے کہلوا دیا، بارہ بج کر دو منٹ ہوئے ہیں۔ میں نے کہا، "بارہ بجے کا نام لیتے گھبراتے ہیں یہ۔" اور ہم خوب ہنسے۔ اس کے بعد میں نے کئی بار بے وقوف بنانے کے لیے سردار جی سے پوچھا، "کیوں سردار جی! بارہ بج گئے؟" اور وہ بے شرمی سے دانت پھاڑ کر جواب دیتے، "جی اساں دے تاں چوبیس گھنٹے بارہ بجے رہتے ہیں۔" اور یہ کہہ کر خوب ہنسے۔ گویا یہ بڑا مذاق ہوا۔

مجھے سب سے زیادہ ڈر بچوں کی طرف سے تھا۔ اول تو کسی سکھ کا اعتبار نہیں۔ کب بچے ہی کے گلے پر کرپان چلا دے۔ پھر یہ لوگ راولپنڈی سے آئے تھے۔ ضرور دل میں مسلمانوں کی طرف سے کینہ رکھتے ہوں گے اور انتقام لینے کی تاک میں ہوں گے۔ میں نے بیوی کو تاکید کر دی تھی کہ بچے ہرگز سردار جی کے کوارٹر کی طرف نہ جانے دیے جائیں۔ پر بچے تو بچے ہی ہوتے ہیں۔ چند روز بعد میں نے دیکھا کہ سردار کی چھوٹی لڑکی موہنی اور ان کے پوتوں کے ساتھ کھیل رہے ہیں۔ یہ بچی جس کی عمر مشکل سے دس برس کی ہوگی، سچ مچ موہنی ہی تھی۔ گوری چٹی، اچھا ناک نقشہ، بڑی خوبصورت۔ کمبختوں کی عورتیں کافی خوبصورت ہوتی ہیں۔ مجھے یاد آیا کہ

غلام رسول کہا کرتا تھا کہ اگر پنجاب سے سکھ مرد چلے جائیں اور اپنی عورتوں کو چھوڑ جائیں تو پھر حوروں کی تلاش کی ضرورت نہیں۔ ہاں تو جب میں نے بچوں کو سردار جی کے بچوں کے ساتھ کھیلتے دیکھا تو میں ان کو گھسیٹتا ہوا اندر لے آیا اور خوب پٹائی کی۔ پھر میرے سامنے کم سے کم ان کی ہمت نہ ہوئی کہ ادھر کا رخ کریں۔

بہت جلد سکھوں کی اصلیت پوری طرح ظاہر ہوگئی۔ راولپنڈی سے تو ڈرپوکوں کی طرح پٹ کر بھاگ کر آئے تھے۔ پر مشرقی پنجاب میں مسلمانوں کو اقلیت میں پا کر ان پر ظلم ڈھانا شروع کر دیا۔۔ ہزاروں بلکہ لاکھوں مسلمانوں کو جامِ شہادت پینا پڑا۔ اسلامی خون کی ندیاں بہہ گئیں۔ ہزاروں عورتوں کو برہنہ کر کے جلوس نکالا گیا۔ جب سے مغربی پنجاب سے بھاگے ہوئے سکھ اتنی بڑی تعداد میں دہلی میں آنے شروع ہوئے تھے، اس وبا کا یہاں تک پہنچنا یقینی ہو گیا تھا۔ میرے پاکستان جانے میں ابھی چند ہفتے کی دیر تھی۔ اس لیے میں نے اپنے بڑے بھائی کے ساتھ اپنے بیوی بچوں کو ہوائی جہاز سے کراچی بھیج دیا اور خود خدا پر بھروسہ کر کے ٹھہر رہا۔ ہوائی جہاز میں سامان تو زیادہ نہیں جا سکتا تھا، اس لیے میں نے پوری ایک ویگن بک کرا لی مگر جس دن سامان چڑھانے والے تھے اس دن سنا کہ پاکستان جانے والی گاڑیوں پر حملے ہو رہے ہیں۔ اس لیے سامان گھر میں ہی پڑا رہا۔

۱۵ اگست کو آزادی کا جشن منایا گیا مگر مجھے اس آزادی میں کیا دلچسپی تھی۔ میں نے چھٹی منائی، اور دن بھر لیٹا ڈان اور پاکستان ٹائمز کا مطالعہ کرتا رہا۔ دونوں میں نام نہاد۔۔ آزادی کے چیتھڑے اڑائے گئے تھے اور ثابت کیا گیا تھا کہ کس طرح ہندوؤں اور انگریزوں نے مل کر مسلمانوں کا خاتمہ کرنے کی سازش کی تھی۔ وہ تو

ہمارے قائد اعظم کا اعجاز تھا کہ پاکستان لے کر ہی رہے۔ اگرچہ انگریزوں نے ہندوؤں اور سکھوں کے دباؤ میں آکر امرتسر کو ہندوستان کے حوالے کر دیا۔ حالانکہ دنیا جانتی ہے، امرت سر خالص اسلامی شہر ہے اور یہاں کی سنہری مسجد جو (GOLDEN MOSQUE) کے نام سے دنیا میں مشہور ہے۔۔۔ نہیں وہ تو گرودوارہ ہے اور (GOLDEN TEMPLE) کہلاتا ہے۔

سنہری مسجد تو دہلی میں ہے۔ سنہری مسجد ہی نہیں، جامع مسجد بھی۔ لال قلعہ ہے، نظام الدین اولیا کا مزار، ہمایوں کا مقبرہ، صفدر جنگ کا مدرسہ۔ غرض کہ چپے چپے پر اسلامی حکومت کے نشان پائے جاتے ہیں۔ پھر بھی آج اسی دہلی بلکہ کہنا چاہیے کہ شاہ جہان آباد پر ہندو سامراج کا جھنڈا بلند کیا جا رہا تھا۔۔۔ رولے اب دل کھول کے اے دیدہ خونبار۔۔۔ اور یہ سوچ کر میرا دل بھر آیا کہ دہلی جو کبھی مسلمانوں کا پایۂ تخت تھا، تہذیب و تمدن کا گہوارہ تھا، ہم سے چھین لیا گیا تھا اور ہمیں مغربی پنجاب اور سندھ بلوچستان جیسے اجڈ اور غیر متمدن علاقے میں زبردستی بھیجا جا رہا ہے۔ جہاں کسی کو شستہ اردو زبان بھی بولنی نہیں آتی۔ جہاں شلوار جیسا مضحکہ خیز لباس پہنا جاتا ہے۔ جہاں ہلکی پھلکی پاؤ بھر میں بیس چپاتیوں کی بجائے دو دو سیر کی نانیں کھائی جاتی ہیں۔

پھر میں نے اپنے دل کو مضبوط کر کے، قائد اعظم اور پاکستان کی خاطر یہ قربانی تو ہمیں دینی ہی ہو گی، مگر پھر بھی دلی چھوڑنے کے خیال سے دل مرجھایا ہی رہا۔۔۔ شام کو جب میں باہر نکلا اور سردار جی نے دانت نکال کر کہا، "کیوں بابو جی! تم نے آج کچھ کھشی نہیں منائی؟" تو میرے جی میں آئی کہ اس کی داڑھی میں آگ

لگادوں۔ ہندوستان کی آزادی اور دل میں سِکھا شاہی آخر رنگ لا کر ہی رہی۔ اب مغربی پنجاب سے آئے ہوئے رفیوجیز (REFUGEES) کی تعداد ہزاروں سے لاکھوں تک پہنچ گئی۔ یہ لوگ دراصل پاکستان کو بدنام کرنے کے لیے اپنے گھر بار چھوڑ کر، وہاں سے بھاگے تھے۔ یہاں آکر گلی کوچوں میں اپنا رونا روتے پھرتے تھے۔ کانگریسی پروپیگنڈا مسلمانوں کے خلاف زوروں پر چل رہا تھا اور اس بار کانگریسیوں نے چال یہ چلی کہ بجائے کانگریس کے نام لینے کے، راشٹریہ سیوک سنگھ اور شہیدی دل کے نام سے کام کر رہے تھے۔ حالانکہ دنیا جانتی ہے کہ یہ ہندو چاہے کانگریسی ہوں یا مہاسبھائی، سب ایک ہی تھیلی کے چٹے بٹے ہیں۔ چاہے دنیا کو دکھانے کی خاطر وہ بظاہر گاندھی اور جواہر لال نہرو کو گالیاں ہی کیوں نہ دیتے ہوں۔

ایک دن صبح کو خبر آئی کہ دہلی میں قتل عام شروع ہو گیا۔ قرول باغ میں مسلمانوں کے سیکڑوں گھر پھونک دیے گئے۔ چاندنی چوک کے مسلمانوں کی دوکانیں لوٹ لی گئیں اور ہزاروں کا صفایا ہو گیا۔ یہ تھا کانگریس کے ہندو راج کا نمونہ۔ خیر میں نے سوچا نئی دہلی تو مدت سے انگریزوں کا شہر رہا ہے۔ لارڈ ماونٹ بیٹن یہاں رہتے ہیں۔ کمانڈر ان چیف یہاں رہتا ہے۔ کم سے کم یہاں وہ مسلمانوں کے ساتھ ایسا ظلم نہ ہونے دیں گے۔ یہ سوچ کر میں دفتر کی طرف چلا۔ کیونکہ اس دن مجھے پراوڈنٹ فنڈ کا حساب کرنا تھا اور دراصل اسی لیے میں نے پاکستان جانے میں دیر کی تھی۔ ابھی گول مارکیٹ کے پاس پہنچا ہی تھا کہ دفتر کا ایک ہندو بابو ملا۔ اس نے کہا، "یہ کیا کر رہے ہو۔ جاؤ واپس جاؤ۔ باہر نہ نکلنا۔ کناٹ پلیس میں بلوائی

مسلمانوں کو مار رہے ہیں۔" میں واپس بھاگ آیا۔

اپنے اسکوائر میں پہنچا ہی تھا کہ سردار جی سے مڈ بھیڑ ہو گئی۔ کہنے لگے، "شیخ جی فکر نہ کرنا۔ جب تک ہم سلامت ہیں تمہیں کوئی ہاتھ نہیں لگا سکتا۔" میں نے سوچا اس کی داڑھی کے پیچھے کتنا مکر چھپا ہوا ہے۔ دل میں تو خوش ہے۔ چلو اچھا ہوا مسلمانوں کا صفایا ہو رہا ہے۔۔۔ مگر زبانی ہمدردی جتا کر مجھ پر احسان کر رہا ہے بلکہ شاید مجھے چڑھانے کے لیے یہ کہہ رہا ہے۔ کیونکہ سارے اسکوائر میں بلکہ تمام سڑک پر میں تن تنہا مسلمان تھا۔ پر مجھے ان کافروں کا رحم و کرم نہیں چاہیے۔ میں سوچ کر اپنے کوارٹر میں آگیا۔ میں مارا بھی جاؤں گا تو دس بیس کو مار کر۔ سیدھا اپنے کمرے میں گیا جہاں پلنگ کے نیچے، میری دونالی شکاری بندوق رکھی تھی۔ جب سے فسادات شروع ہوئے تھے، میں نے کارتوس اور گولیوں کا بھی کافی ذخیرہ جمع کر رکھا تھا۔ پر وہاں بندوق نہ ملی۔ سارا گھر چھان مارا۔ اس کا کہیں پتہ نہ چلا۔

"کیوں حضور! کیا ڈھونڈ رہے ہیں آپ؟"

"یہ میرا وفادار ملازم ممدو تھا۔"

"میری بندوق کیا ہوئی؟" میں نے پوچھا۔ اس نے کوئی جواب نہ دیا۔ مگر اس کے چہرے سے صاف ظاہر تھا کہ اسے معلوم ہے۔ شاید اس نے چھپائی ہے، یا چرائی ہے۔

"بولتا کیوں نہیں؟" میں نے ڈانٹ کر کہا۔ تب حقیقت معلوم ہوئی کہ ممدو نے میری بندوق چرا کر اپنے چند دوستوں کو دے دی تھی، جو دریا گنج میں مسلمانوں کی حفاظت کے لیے ہتھیاروں کا ذخیرہ جمع کر رہے تھے۔

"کئی سو بندوقیں ہیں سرکار ہمارے پاس۔ سات مشین گنیں، دس ریوالور اور

ایک توپ۔ کافروں کو بھون کر رکھ دیں گے۔ بھون کر۔"

میں نے کہا، "دریا گنج میں میری بندوق سے کافروں کو بھون دیا گیا تو اس میں میری حفاظت کیسے ہو گی۔ میں تو یہاں نہتا کافروں کے نرغے میں پھنسا ہوا ہوں۔ یہاں مجھے بھون دیا گیا تو کون ذمے دار ہو گا؟" میں نے ممدو سے کہا وہ کسی طرح چھپتا چھپاتا دریا گنج تک جائے اور وہاں سے میری بندوق اور سو دو سو کارتوس لے کر آئے۔ وہ چلا تو گیا مگر مجھے یقین تھا کہ اب وہ لوٹ کر نہیں آئے گا۔ اب میں گھر میں بالکل اکیلا رہ گیا تھا۔ سامنے کارنس پر میری بیوی اور بچوں کی تصویریں خاموشی سے مجھے گھور رہی تھیں۔ یہ سوچ کر میری آنکھوں میں آنسو آگئے کہ اب ان سے کبھی ملاقات ہو گی بھی یا نہیں لیکن پھر یہ خیال کر کے اطمینان بھی ہوا کہ کم سے کم وہ تو خیریت سے پاکستان پہنچ گئے تھے۔ کاش میں نے پراوڈنٹ فنڈ کا لالچ نہ کیا ہوتا اور پہلے ہی چلا گیا ہوتا۔ پر اب پچھتانے سے کیا ہوتا ہے۔۔۔

"ست سری اکال۔۔۔ ہر ہر مہادیو۔" دور سے آوازیں قریب آرہی تھیں۔ یہ بلوائی تھے۔ یہ میری موت کے ہرکارے تھے۔ میں نے زخمی ہرن کی طرح ادھر ادھر دیکھا، جو گولی کھا چکا ہو اور جس کے پیچھے شکاری کتے لگے ہوں۔ بچاؤ کی کوئی صورت نہ تھی۔ کوارٹر کے کواڑ پتلی لکڑی کے تھے اور ان میں شیشے لگے ہوئے تھے۔ اگر میں بند ہو کر بیٹھ بھی رہا تو دو منٹ میں بلوائی کواڑ توڑ کر اندر آسکتے تھے۔

"ست سری اکال۔ ہر ہر مہادیو۔" آوازیں اور قریب آرہی تھیں۔ میری موت قریب آرہی تھی۔ اتنے میں دروازے پر دستک ہوئی۔ سردار جی داخل ہوئے، "شیخ جی! تم ہمارے کوارٹر میں آجاؤ۔ جلدی کرو۔" بغیر سوچے سمجھے اگلے

لمحے میں سردار جی کے برآمدے کی چکوں کے پیچھے تھا۔ موت کی گولی سن سے میرے سر پر سے گزر گئی۔ کیونکہ میں وہاں داخل ہی ہوا تھا کہ ایک لاری آکر رکی اور اس میں سے دس پندرہ نوجوان اترے۔ ان کے لیڈر کے ہاتھ میں ایک ٹائپ کی ہوئی فہرست تھی۔ کوارٹر ۸ شیخ برہان الدین۔ اس نے کاغذ پر نظر ڈالتے ہوئے حکم دیا اور یہ غول کا غول میرے کوارٹر پر ٹوٹ پڑا۔ میری گرہستی کی دنیا میری آنکھوں کے سامنے اجڑ گئی۔ لٹ گئی۔ کرسیاں، میزیں، صندوق، تصویر، کتابیں، دریاں، قالین، یہاں تک کہ میلے کپڑے ہر چیز لاری پر پہنچادی گئی۔

ڈاکو! لٹیرے! قزاق!

اور یہ سردار جی جو بظاہر ہمدردی جتا کر مجھے یہاں لے آئے تھے۔ یہ کون سے کم لٹیرے تھے؟ باہر جا کر بلوائیوں سے کہنے لگے، "ٹھہریے صاحب۔ اس گھر پر ہمارا حق زیادہ ہے۔ ہمیں بھی اس لوٹ میں حصہ ملنا چاہیے اور یہ کہہ کر انہوں نے اپنے بیٹے اور بیٹی کو اشارہ کیا اور وہ بھی لوٹ میں شامل ہوگئے۔ کوئی میری پتلون اٹھائے چلا آرہا ہے۔ کوٹ سوٹ کیس، کوئی میری بیوی بچوں کی تصویریں بھی لا رہا ہے اور یہ سب مال غنیمت سیدھا اندر کے کمرے میں جا رہا تھا۔"

اچھا رے سردار! زندہ رہا تو تجھ سے بھی سمجھوں گا۔ پر اس وقت تو میں چوں بھی نہیں کر سکتا تھا کیونکہ فسادی جو سب کے سب مسلح تھے، مجھ سے چند گز کے فاصلے پر تھے۔ اگر انہیں کہیں معلوم ہو گیا کہ میں یہاں ہوں۔۔۔

"ارے اندر آؤ تو سی!" دفعتاً میں نے دیکھا کہ سردار جی ننگی کرپان ہاتھ میں لیے مجھے اندر بلا رہے ہیں۔ میں نے ایک بار اس ڈڑھیل چہرے کو دیکھا جو لوٹ

مار کی بھاگ دوڑ سے اور بھی خوفناک ہو گیا تھا، اور پھر کرپان کو جس کی چمکیلی دھار مجھے دعوتِ موت دے رہی تھی، بحث کرنے کا موقع نہیں تھا۔ اگر میں کچھ بھی بولا اور بلوائیوں نے سن لیا تو ایک گولی میرے سینے کے پار ہو گی۔ کرپان اور بندوق میں سے ایک کو پسند کرنا تھا۔ میں نے سوچا ان دس بندوق باز بلوائیوں سے کرپان والا بڈھا بہتر ہے۔ میں کمرے میں چلا گیا۔۔۔ جھجکتا ہوا خاموش۔

"اتھے نہیں۔ اوس اندر آؤ۔" میں اور اندر کے کمرے میں چلا گیا، جیسے بکرا قصائی کے ساتھ ذبح خانے میں داخل ہوتا ہے۔ میری آنکھیں کرپان کی دھار سے چوندھیاتی جا رہی تھی۔

"یہ لو جی۔ اپنی چیزیں سنبھال لو۔" یہ کہہ کر سردار جی نے وہ تمام سامان میرے سامنے رکھ دیا جو انہوں نے اور ان کے بچوں نے جھوٹ موٹ کی لوٹ میں حاصل کیا تھا۔ سردارنی بولی، "بیٹا ہم تو تیرا کچھ بھی سامان نہ بچا سکے۔" میں کوئی جواب نہ دے سکا۔ اتنے میں باہر سے کچھ آوازیں سنائی دیں۔ بلوائی میری لوہے کی الماری کو باہر نکال رہے تھے اور اس کو توڑنے کی کوشش کر رہے تھے۔ اس کی چابیاں مل جاتیں تو سب معاملہ آسان ہو جاتا۔

"چابیاں تو اس کی پاکستان میں ملیں گی۔ بھاگ گیا ناڈرپوک کہیں کا۔ مسلمان کا بچہ تھا تو مقابلہ کرتا۔۔۔"

ننھی موہنی میری بیوی کے چند ریشمی قمیص اور غرارے نہ جانے کس سے چھین کر لا رہی تھی کہ اس نے یہ سنا۔ وہ بولی، "تم بڑے بہادر ہو! شیخ جی ڈرپوک کیوں ہونے لگے۔ وہ تو کوئی بھی پاکستان نہیں گئے۔"

"نہیں گیا تو یہاں سے کہیں منہ کالا کر گیا۔"

"منہ کالا کیوں کرتے وہ تو ہمارے ہاں۔۔۔"

میرے دل کی حرکت ایک لمحے کے لیے بند ہو گئی۔ بچی اپنی غلطی کا احساس کرتے ہی خاموش ہو گئی۔ مگر ان بلوائیوں کے لیے یہی کافی تھا۔ سردار جی پر جیسے خون سوار ہو گیا۔ انہوں نے مجھے اندر کے کمرے میں بند کر کے کنڈی لگا دی۔ اپنے بیٹے کے ہاتھ میں کرپان دی اور خود باہر نکل گئے۔ باہر کیا ہوا یہ مجھے ٹھیک طرح معلوم نہ ہوا۔ تھپڑوں کی آواز۔۔۔ پھر موہنی کے رونے کی آواز اور اس کے بعد سردار جی کی آواز۔ پنجابی گالیاں کچھ سمجھ میں نہ آیا کہ کسے گالیاں دے رہے ہیں اور کیوں۔ میں چاروں طرف سے بند تھا۔ اس لیے ٹھیک سنائی نہ دیتا تھا۔ اور پھر۔۔۔ گولی چلنے کی آواز۔۔۔ سردارنی کی چیخ۔۔۔ لاری روانہ ہونے کی گڑگڑاہٹ اور پھر تمام اسکوائر پر جیسے سناٹا چھا گیا۔ جب مجھے کمرے کی قید سے نکالا گیا تو سردار جی پلنگ پر پڑے تھے اور ان کے سینے کے قریب، سفید قمیص خون سے سرخ ہو رہی تھی۔ ان کا لڑکا ہمسائے کے گھر سے ڈاکٹر کو ٹیلیفون کر رہا تھا۔

"سردار جی! یہ تم نے کیا کیا؟" میری زبان سے نہ جانے یہ الفاظ کیسے نکلے۔ میں مبہوت تھا۔۔۔ میری برسوں کی دنیا، خیالات، محسوسات، تعصبات کی دنیا کھنڈر ہو گئی تھی۔

"سردار جی یہ تم نے کیا کیا؟"

"مجھے کرجا اتارنا تھا بیٹا!"

"قرضہ؟"

"ہاں! راولپنڈی میں تمہارے جیسے ہی ایک مسلمان نے اپنی جان دے کر میری اور میرے گھر والوں کی جان اور اجت بچائی تھی۔"

"کیا نام تھا اس کا سردار جی؟"

"گلام رسول!"

"غلام رسول!"

اور مجھے ایسا معلوم ہوا جیسے میرے ساتھ قسمت نے دھوکہ کیا ہو۔ دیوار پر لٹکے ہوئے گھنٹے نے بارہ بجانے شروع کیے۔ ایک۔۔۔ دو۔۔۔ تین۔۔۔ چار۔۔۔ پانچ۔۔۔ سردار جی کی نگاہیں گھنٹے کی طرف پھر گئیں جیسے مسکرا رہے ہوں اور مجھے اپنے دادا یاد آ گئے جن کی کئی فٹ لمبی داڑھی تھی۔ سردار جی کی شکل ان سے کتنی ملتی تھی۔ چھ۔۔۔ سات۔۔۔ آٹھ۔۔۔ نو۔۔۔ جیسے وہ ہنس رہے ہوں، ان کی سفید داڑھی اور سر کے کھلے ہوئے بالوں نے چہرے کے گرد ایک نورانی ہالہ سا بنایا ہوا تھا۔۔۔ دس۔۔۔ گیارہ۔۔۔ بارہ۔۔۔ جیسے وہ کہہ رہے ہوں، "جی اساں دے ہاں تو چوبیس گھنٹے بارہ بجے رہتے ہیں۔" پھر وہ نگاہیں ہمیشہ کے لیے بند ہو گئیں۔

اور میرے کانوں میں غلام رسول کی آواز دور سے، بہت دور سے آئی۔ میں کہتا نہ تھا کہ بارہ بجے ان سکھوں کی عقل غائب ہو جاتی ہے اور یہ کوئی نہ کوئی حماقت کر بیٹھتے ہیں۔ اب ان سردار جی ہی کو دیکھو۔۔۔ ایک مسلمان کی خاطر اپنی جان دے دی۔

پر یہ سردار جی نہیں مرے تھے۔ میں مرا تھا!

***

۹

دل ہی تو ہے

آپریشن تھیٹر کی سفید دیواروں میں تین افراد قید تھے۔

ایک آدمی تھا۔

ایک جج تھا۔

ایک ڈاکٹر تھا۔

ایک آدمی تھا بے سکت، بے ہوش، تقریباً بے جان آدمی آپریشن ٹیبل پر پڑا تھا۔ اس کے دل میں ایک سوراخ تھا۔ اس کے سوراخ میں پستول کی ایک گولی تھی۔ تھوڑی دیر ہی میں اس کے دل کی حرکت ہمیشہ کے لیے بند ہونے والی تھی۔ جج نے کہا، اور اس کی دھیمی آواز بھی اس آپریشن تھیٹر میں ایسی گونجی جیسے وہ عدالت میں فیصلہ سنا رہا ہو، "ڈاکٹر اس آدمی کی جان بچانا بہت ضروری ہے۔ یہ مرنے نہ پائے۔" ڈاکٹر نے کہا، "جج صاحب میں خدا نہیں ہوں لیکن بخدا ہم اسے بچانے کی ہر ممکن کوشش کریں گے۔"

جج نے کہا، "تمہیں ناممکن کو بھی ممکن بنانا ہے۔" ڈاکٹر نے کہا، "تب تو ایک ہی صورت ہے اسے بچانے کی۔ لیکن آپ جانتے ہیں وہ آپریشن کتنا خطرناک ہے۔"

"میں جانتا ہوں۔ مگر میں چاہتا ہوں کہ قانون کی خاطر، انصاف کی خاطر، تم وہ خطرناک آپریشن کر ڈالو۔"

"اگر ہم کامیاب ہو گئے تو۔۔۔" ڈاکٹر نے کہا، "یہ سائنس کی بہت شاندار فتح ہو گی۔"

"سائنس کی ہی نہیں۔" جج نے جواب دیا، "یہ قانون کی بہت بڑی جیت ہو گی۔ تب ہی تو اس بیچارے کی سلامتی میں مجھے اتنی دلچسپی ہے۔"

بے ہوش تو وہ پہلے بھی تھا، پھر بھی بے ہوشی کی گیس سنگھائی گئی تو آدمی کا سوتا ہوا لاشعور زندگی اور موت کے درمیان جھولا جھولنے لگا۔ وہ زندہ تھا لیکن اس کے بدن میں زندگی نہیں تھی۔ وہ مر چکا تھا مگر مکمل طور سے نہیں۔ ذرا سی کسر باقی تھی۔ بے ہوشی کی گیس سنگھائی جا رہی تھی۔ رگوں میں سوئی لگا کر خون چڑھایا جا رہا تھا۔ ایک دوسری سوئی کے ذریعے گلوکوز دیا جا رہا تھا تاکہ آپریشن کے دوران اس کے دل کی حرکت جواب نہ دے جائے۔ ڈاکٹر کی تمام جان، تمام طاقت، تمام قابلیت اب اس کی انگلیوں میں آ گئی تھی جو نشتر لے کر، آدمی کی پسلیوں کے پنجرے کو توڑ کر، اس کے سینے کی کھال چیرتی ہوئی اب دل کی طرف بڑھ رہی تھیں جس کی حرکت اب اتنی سست ہو گئی تھی کہ لگتا تھا اس میں اب جان ہی نہیں ہے۔ بے ہوشی کے بادلوں میں سے آدمی کا لاشعور دو آوازیں سن سکتا تھا۔۔۔ کہیں دور کتے بھونک رہے تھے اور ایک آواز تحکمانہ لہجے میں کہے جا رہی تھی، "پھانسی دی جائے یہاں تک کہ اس کا دم نکل جائے اور یہ مر جائے۔۔۔"

"پھانسی دی جائے۔ پھانسی دی جائے۔۔۔"

"یہاں تک کہ اس کا دم نکل جائے۔۔۔ دم نکل جائے۔۔۔"

"مر جائے۔۔۔ مر جائے۔۔۔ مر جائے۔۔۔"

سزائے موت کا فیصلہ سناتے ہوئے جج کی آواز میں ٹھہراؤ تھا۔ کوئی جذباتی لغزش نہیں تھی۔ "پھانسی دی جائے یہاں تک کہ اس کا دم نکل جائے اور یہ مر جائے۔۔۔"

آدمی کو اپنے گلے کے گرد پھانسی کی رسی تنگ ہوتی ہوئی محسوس ہوئی تو بے خیالی سے اس نے قمیص کے کالر کے اوپر کے بٹن کو کھول لیا۔ اس کی نگاہیں جج کے چہرے پر ہمدردی یا افسوس کے آثار تلاش کر رہی تھیں۔ (آخر وہ ایک انسانی جسم کو ختم کیے جانے کا حکم دے رہا تھا۔ صرف قلم کی ایک جنبش سے!) مگر وہاں ایسے کوئی آثار نہیں تھے۔ جج کے چہرے پر مسکراہٹ تو نہیں تھی مگر کوئی غم، کوئی افسوس، کوئی فکر بھی نہیں تھی۔ اگر چہرے پر کوئی جذبہ تھا تو وہ اطمینان اور فراغت کا تھا کہ ہفتوں کی قانونی رسہ کشی کے بعد جو استغاثہ اور صفائی کے وکیلوں اور ان کے گواہوں کے درمیان ہوئی تھی، آخر کار یہ مقدمہ بھی اپنے انجام تک پہنچ گیا تھا۔ ایک مصور کو اپنا شاہکار مکمل کرنے کے بعد شاید ایسا ہی اطمینان نصیب ہوتا ہے۔

آدمی کو دفعتاً محسوس ہوا کہ اس کی آنکھوں میں آنسو امڈے آرہے ہیں لیکن اپنی قوت ارادی سے ان کو پی گیا۔ نہیں۔ (اس نے سوچا) میں اس جج کے سامنے اپنی کمزوری کا اظہار ہر گز نہیں کروں گا۔ کاش اس جج کی آواز کے اتار چڑھاؤ میں، اس کی نگاہ میں، اس کے انداز میں، ذرا سا بھی رحم، تھوڑی سی بھی ہمدردی ہوتی ایک انسان کے لیے، اس کی ان مجبوریوں کے لیے جو کبھی کبھی اس کے ہاتھوں سے قتل

کراتی ہیں! پھر وہ اس کو سزائے موت کا حکم بھی سناتا تو آدمی کو کوئی شکایت نہ ہوتی۔ وہ سمجھ جاتا کہ جج بھی مجبور ہے۔ انصاف کے ہاتھوں، قانون کے ہاتھوں، تعزیرات ہند کے ہاتھوں۔ پھر وہ اپنے آنسوؤں کو بہنے دیتا۔۔۔ چاہے دیکھنے والے اسے کتنا ہی بزدل سمجھتے۔

مگر ان آنسوؤں میں اس کے دل میں جو زہر بھرا ہوا تھا، وہ باہر نکل جاتا۔ اس کی روح پاک اور صاف ہو جاتی اور پھر وہ اسے پھانسی بھی دے دیتے تو اس کو کوئی شکایت نہ ہوتی۔ پھر وہ خوشی سے موت کو گلے لگالیتا۔ اس وقت ایک ہی خواہش، ایک ہی آرزو، ایک ہی خیال، ایک سلگتا ہوا سوالیہ نشان بن کر آدمی کے دل اور دماغ پر چھایا ہوا تھا۔ کیا وہ جج انسان نہیں تھا؟ کیا وہ صرف قانون کی ایک مشین تھا جس میں انسانی ہمدردی کا کوئی جذبہ نہیں تھا؟ آدمی کو سزائے موت دینا اس کا قانونی فرض تھا۔ مگر کیا رحم اور ہمدردی کا ایک اشارہ اس کا انسانی فرض نہیں تھا؟ اس کے قلم کی ایک جنبش نے ایک آدمی کی زندگی کو ختم کرنے کا حکم سنا دیا تھا اور اس کی آواز میں، اس کی آنکھوں میں، ذرا سے افسوس کی جھلک نہیں آئی تھی۔۔۔

آدمی نے بھی دو انسانوں کو سزائے موت دی تھی۔۔۔ دو انسان جن سے وہ دنیا میں سب سے زیادہ محبت کرتا تھا۔ ایک اس کی بیوی تھی اور دوسرا اس کا دوست تھا۔ عدالت کی زبان میں وہ ڈبل خونی تھا۔ مگر جب اس نے اپنے دوست پر اپنی فوجی سنگین سے وار کیا تھا تو اس کی آنکھوں میں آنسو تھے۔ وہ اسے مارنا نہیں چاہتا تھا مگر اس کے من میں اندھیرے میں بیٹھا ہوا کوئی شیطان اسے قتل پر مجبور کر رہا تھا۔ وہ اس کی بیوی کا عاشق تھا مگر وہ اس کا دوست تھا اور سو وہ اسے تکلیف پہنچا کر مارنا نہیں

چاہتا تھا۔ پیچھے سے آکر اس نے چپکے سے وار کیا تھا۔ کمر کی تیسری پسلی کے نیچے جہاں دل ہوتا ہے وہاں سنگین کا بس ایک وار۔۔۔ اور اس کا دوست وہیں ڈھیر ہو گیا تھا بغیر یہ جانے ہوئے کہ اس کی دفعتاً موت کا ذمے دار کون ہے؟ سنگین سے دشمن پر کہاں اور کیسے وار کرنا چاہیے۔۔۔ یہ اس کو فوج میں سکھایا گیا تھا۔

اس نے دس کو۔۔۔ اپنے جیسے دس آدمیوں کو۔۔۔ اسی طرح وار کر کے موت کے گھاٹ اتارا تھا جس کا ثبوت وہ میڈل تھا جو اس کو انعام میں ملا تھا۔ اس کا دوست گیارہواں تھا۔ وہ دشمن تھے۔ یہ دوست تھا۔ مگر سنگین دوست اور دشمن میں تمیز نہیں کرتی۔ سنگین جانیں لے سکتی ہے مگر خود بے جان ہوتی ہے۔ بے جان، بے روح، بے عقل۔ اور سپاہی جو سنگین چلاتا ہے وہ بھی ٹھنڈے فولاد کی طرح بے روح، بے عقل ہو جاتا ہے۔ کیا وہ دس واقعی اس کے دشمن تھے؟ اس کو تو ان کے نام بھی نہیں معلوم تھے۔ اس سے پہلے اس نے ان میں سے کسی کو بھی نہیں دیکھا تھا۔ وہ کس کے بیٹے تھے، کس کے بھائی تھے، کس کے شوہر تھے، کس کے دوست تھے۔۔۔ اسے کچھ نہیں معلوم تھا۔ اس کو صرف بتایا گیا تھا کہ وہ اس کے دشمن ہیں۔ اس کو حکم دیا گیا تھا کہ ان کو مارنا اس کا فرض ہے۔ اور سو اس نے ان کو مار دیا تھا۔

جنگ سے واپس آنے پر اس کو بتایا گیا تھا کہ اس کا دوست دراصل اس کا دشمن ہے۔ اس کے من کے اندھیرے میں جو شیطان بیٹھا ہوا تھا، اس نے حکم دیا کہ اسے مار دیا جائے اور اس نے سنگین اس کی پسلیوں میں اتار دی تھی۔ شاید دس دشمنوں کے بعد یہ پہلے دوست کا خون نہیں تھا، شاید گیارہویں دوست کا خون تھا جو اس کے

ہاتھوں ہوا تھا۔

مگر پھر بھی اس کو اتنی تسلی تھی کہ اس کا دوست بغیر کوئی تکلیف محسوس کیے اس دنیا سے گزر گیا تھا۔ اُس نے فوجی سنگین کو اس کی کمر سے جب کھینچ کر نکالا تھا تو بدن ٹھنڈا ہو چکا تھا مگر زخم سے گرم گرم خون کا ایک فوارہ نکلا تھا جس کے چھینٹے اس کے کوٹ کی آستین پر گرے تھے۔ ثبوت کے طور پر سنگین کے ساتھ یہ کوٹ بھی مقدمے کے دوران پیش کیا گیا تھا۔ اور سرکاری وکیل نے ڈرامائی انداز میں اس کوٹ کی طرف اشارہ کر کے کہا تھا، "مائی لارڈ۔ جو چپ رہے گی زبان خنجر لہو پکارے گا آستیں کا۔" اور وہ یہ سوچ کر مسکرا دیا تھا کہ وکیل صاحب کو یہ نہیں معلوم کہ اس آستین پر تو دس اور انسانوں کا خون بھی پکار رہا ہے مگر وہ خون نہ وکیل صاحب کو نظر آئے گا نہ کوئی عدالت اس لہو کی پکار سننے کے لیے تیار ہے۔

اور اس کی آنکھوں میں اس وقت بھی آنسو تھے جب وہ قتل کے ارادے سے اپنی فلیٹ کے اس کمرے میں داخل ہوا تھا جہاں اس کی بیوی سو رہی تھی۔ آدھی رات گزر چکی تھی۔ روشنیاں بجھی ہوئی تھیں مگر کھلی ہوئی کھڑکیوں میں سے پردوں کو سرسراتی ہوئی ہوا کے ساتھ چاندنی بھی دبے پاؤں اندر آگئی تھی۔ اس مدھم روشنی میں وہ اتنی خوبصورت، اتنی معصوم، اتنی بھولی بھالی لگ رہی تھی کہ اس کی ہمت نہ پڑی کہ سنگین کو میان سے باہر نکالے۔ پہلے اس کا خونی ارادہ تھا، جس ہتھیار سے اس کے عاشق کا خون کیا ہے، اسی سے اپنی بیوی کا گلا کاٹ ڈالے گا مگر اب وہ اس خیال سے ہی کانپ اٹھا۔ جس سے اس نے محبت کی تھی وہ اس کا خون بہتا نہ دیکھ سکے گا۔ یہ کام اس کو اپنے ہاتھوں سے لینا ہو گا۔ اس کی ٹریننگ بھی اس کو فوج میں

دی گئی تھی۔ کمانڈو اسکول میں کراٹے انسٹرکٹر نے اس کو سکھایا تھا کہ گلے کی کون سی رگ کو دبانے سے دشمن کو ہمیشہ کے لیے خاموش کیا جا سکتا ہے۔

وہ سبق اس کو آج بھی یاد تھا اور اس کی بیوی نیند سے بیدار ہوئے بغیر ہی مرگئی اور جو مسکراہٹ اس کے ہونٹوں پر تھی، وہ برقرار رہی۔ اس نے اپنے ہاتھوں کو غور سے دیکھا جن ہاتھوں نے بارہ خون کیے تھے۔ مگر اب اسے ایسا محسوس ہوا کہ اس کی بیوی کے دامن سے بے وفائی کا داغ ہمیشہ کے لیے دھل گیا ہے۔ اب وہ پھر معصوم ہے۔۔۔ اور اس کی ہے۔ ہمیشہ کے لیے اس کی! اس نے اس کے ہونٹوں کا بوسہ لیا۔۔۔ کتنے ٹھنڈے تھے وہ ہونٹ! اس نے اس کے ننھے ننھے گورے گورے پاؤں کا بوسہ لیا۔ جو اس وقت بے جان سنگ مرمر کے تراشے ہوئے تھے!

پھر وہ اس کے پلنگ کے پائنتی بیٹھ گیا اور وہ آنسو جو اب تک اس کی آنکھوں میں جھلک رہے تھے، وہ بہہ نکلے اور اسے ایسا لگا کہ وہ رو رہا ہے۔ نہ صرف اپنی بیوی کے لیے، نہ صرف اپنے دوست کے لیے بلکہ ان گمنام انجان دس آدمیوں کے لیے بھی جو سب اس کے ہاتھوں ہلاک ہوئے تھے۔ وہ اس وقت سسکیاں لے کر روئے جا رہا تھا۔ جب صبح کے اجالے میں پولیس نے اس کو دو خون کرنے کے جرم میں گرفتار کیا اور جب اسے فردِ جرم پڑھ کر سنائی گئی تو وہ بڑبڑایا، "بس دو خون؟ میں نے تو بارہ خون کیے ہیں۔" اور پولیس افسر سمجھے خون اس کے سر پر چڑھ گیا ہے یا وہ جان بوجھ کر دیوانوں جیسی باتیں کر رہا ہے۔

"مجرم!" جج اس سے مخاطب تھا مگر اس سے آنکھیں چرا کر دیکھ رہا تھا وکیل

صفائی کی طرف، "اس سے پہلے کہ تمہیں سزائے موت دی جائے، تمہیں کچھ کہنا ہے؟" اور اسی لمحے میں آدمی کے دماغ نے فیصلہ کر لیا کہ وہ کیا کہے گا۔۔۔ اور کیا کرے گا۔ وہ آہستہ سے اپنی جگہ کھڑا ہو گیا، "جی جناب!" اس نے کہا اور جج کی طرف آنکھیں گڑا کر دیکھتا رہا مگر وہ اب بھی کسی دوسری طرف ہی دیکھ رہا تھا۔

"بزدل کہیں کا!" آدمی نے سوچا، "جس کو سزائے موت دی ہے اس سے نظریں ملاتے ہوئے گھبراتا ہے!" جج نے مجرم کی طرف دیکھے بغیر اس کی خاموشی کو محسوس کرتے ہوئے سوال کیا، "ہاں تو کیا کہنا ہے تمہیں؟ کوئی آخری خواہش؟"

"جناب والا! مرنے سے پہلے میں اپنے گھر جانا چاہتا ہوں جہاں۔۔۔ میری بیوی کو۔۔۔ جہاں میری بیوی کی لاش پائی گئی تھی۔"

"منظور کیا جائے۔" جج نے عدالت کے کلرک کو اشارہ کرتے ہوئے کہا، "اگر جیل کے قانون اس کی اجازت دیتے ہیں۔" اور پھر قیدی کی طرف سے نظر بچا کر اس کے وکیل کی طرف دیکھتے ہوئے پوچھا، "اور کچھ کہنا ہے؟"

"جی نہیں، جناب والا۔ بہت بہت شکریہ، جناب والا۔"

جج تو کہیں اور دیکھ رہا تھا۔ سو اس نے تو نہیں دیکھا مگر عدالت میں جتنے اور لوگ حاضر تھے انہوں نے دیکھا کہ مجرم کو جب لے جایا گیا تو اس کے چہرے پر ایک عجیب قسم کی فاتحانہ مسکراہٹ تھی۔ وہ لوگ بھی جو اب تک اس سے کچھ نہ کچھ ہمدردی رکھتے تھے، اب ان کو بھی یقین ہو گیا کہ جو آدمی دو بھیانک خون کر کے بھی مسکرا سکتا ہے، اس کو تو واقعی سزائے موت ہی ملنی چاہیے۔

آدمی کی آخری خواہش اس کی امید سے بھی پہلے ہی پوری ہو گئی۔ جیل کے

قوانین کی رو سے وہ ایک بار پھانسی کی کوٹھری میں بند ہو گیا تو اس کو صرف ایک بار وہاں سے باہر نکالا جا سکتا ہے۔ آخری بار! اس لیے اگر اسے آخری بار اپنے گھر جانے کی اجازت ملی تھی تو عدالت سے سیدھا وہیں لے جانا ہو گا۔

"بس دس منٹ دے سکتے ہیں۔" پولیس کے دو سپاہیوں میں سے بڑے والے نے کہا۔۔۔ جب وہ لوگ سیڑھیاں چڑھتے ہوئے اس کے فلیٹ پر پہنچے جو تیسری منزل پر تھی۔ آدمی نے بڑی عاجزی سے کہا، "آپ اجازت دیں تو میں اس کمرے میں دس منٹ اکیلا رہنا چاہتا ہوں۔ مرنے والی کی یادوں کے ساتھ! آپ دروازے پر پہرہ دے سکتے ہیں۔" بڑے والے کانسٹبل نے کمرے کے اندر جا کر دیکھا، باہر جانے کے لیے دوسرا کوئی دروازہ نہیں تھا۔ صرف ایک کھڑکی تھی۔ سڑک سے پچاس فٹ اونچی۔

"اچھا ٹھیک ہے۔" اس نے کہا، "مگر کوئی گڑبڑ نہ ہو ورنہ یہ دیکھ لو۔۔۔" اور اس نے اپنی پیٹی میں لگے ہوئے پستول کی طرف اشارہ کیا۔ آدمی نے اندر سے دروازہ بند کر لیا مگر کانسٹبلوں کو اطمینان ہو گیا جب چٹخنی لگانے کی کوئی آواز نہیں آئی۔

"عجیب آدمی ہے یہ بھی۔" چھوٹے والے کانسٹبل نے اپنے ساتھی سے کہا، "پہلے تو اپنی بیوی کو قتل کیا اور اب اسی کمرے میں اس کو یاد کر رہا ہے۔ مجھے تو لگتا ہے اس کی بیوی کا بھوت اس کا ٹینٹوا دبا رہا ہو گا۔" بڑے والے کانسٹبل نے اپنا تجربہ بگھارتے ہوئے کہا، "تم کیا جانو۔ یہ سب خونی پاگل تو ہوتے ہی ہیں۔ ان کے سر پر خون سوار ہو جاتا ہے۔ یہ بے چارہ تو فوج میں تھا۔ سنا ہے گورنمنٹ نے میڈل بھی

دیا ہے۔ دس دشمن مارے تھے اس نے۔ چھاپہ ماروں کے دستے میں تھا یہ۔"

چھاپہ مار! کمانڈوز! فقط اس کی زبان سے نکلا ہی تھا کہ اس کے دماغ میں ایک شبہ بجلی کی طرح کوندا، "چھاپہ ماروں کو تو اونچے مقاموں سے کودنے کی ٹریننگ دی جاتی ہے۔" دوسرے لمحے ہی وہ دونوں کمرے کے اندر تھے مگر وہ کمرہ خالی تھا۔ کھڑکی کے پٹ ہوا سے ہل رہے تھے۔ جب انہوں نے نیچے دیکھا تو وہ سڑک کی دوسری طرف پہنچ چکا تھا۔ اتنے میں پیٹی سے پستول ہاتھ میں آیا۔ وہ بھیڑ میں کھو گیا تھا۔ مگر کودنے سے پہلے آدمی اپنے جوتے اتار کر چھوڑ گیا تھا، "فکر نہ کرو۔" بڑے والے کانسٹبل نے کہا، "میرے کتے ان جوتوں کی بو سے اسے کھوج نکالیں گے!"

اس نے سنا تھا کہ نیند سولی پر بھی آجاتی ہے۔ میلوں تک دوڑنے کے بعد جنگل میں رات ہوگئی، اور آدمی تھک ہار کر پیڑوں کے ایک جھنڈ تلے سو گیا۔ معلوم نہیں کتنی دیر سویا تھا کہ کتوں کے بھونکنے کی آواز سے اس کی آنکھ کھل گئی۔ پہلے تو اس نے اس آواز کو کوئی اہمیت نہیں دی۔ جھیل کے کنارے مینڈک ٹرا رہے تھے۔ دلدل میں جھینگر آواز کر رہے تھے، گھاس میں مچھر بھن بھن کر کے اس کو کاٹ رہے تھے۔۔۔ اور دور کسی گاؤں میں کتے بھونک رہے تھے۔ کتے تو رات کو بھونکتے ہی ہیں مگر تھوڑی ہی دیر میں اس کو محسوس ہوا جیسے کتوں کے بھونکنے کی آواز تیزی سے قریب ہوتی جا رہی تھی۔ جیسے کتے اس کی طرف دوڑتے ہوئے آرہے ہوں۔ ایک جھٹکے کے ساتھ اس کو احساس ہوا کہ یہ پولیس کے شکاری کتے ہیں جو اس کی بو کا پیچھا کرتے ہوئے اس کا شکار کرنے دوڑتے ہوئے آرہے ہیں۔

اب تو ان کی آوازیں خطرناک حد تک قریب آرہی تھیں۔ دفعتاً اس کی سب

حسین بیدار ہو گئیں اور وہ اٹھ بیٹھا۔ گھبرا کر ادھر ادھر دیکھا۔ چاند کمبخت کو بھی آج رات ہی نکلنا تھا۔ شاید گیارہویں رات تھی اور آسمان پر بادل کا ایک چھوٹا سا ٹکڑا بھی نہیں تھا۔ ہر طرف چاندنی پھیلی ہوئی تھی۔ اگر وہ پیڑوں کے سائے سے نکل کر بھاگا تو میلوں سے کتے اسے دیکھ لیں گے اور اگر نہیں بھاگا تو بو سونگھتے سونگھتے وہیں پہنچ جائیں گے اور منٹوں میں اس کی تکا بوٹی کر ڈالیں گے۔ دونوں حالتیں خطرناک تھیں مگر بھاگنے میں بچاؤ کی ایک صورت ہو سکتی تھی۔ اگر وہ سامنے والی جھیل تک پہنچ گیا اور تیر کر اس کو پار کر گیا تو شکاری کتوں سے اس کا پیچھا چھوٹ سکتا تھا۔

اس کے تمام احساس، اس کے گٹھے ہوئے بدن کی تمام طاقت، اس کی تمام قوتِ ارادی سمٹ کر اس وقت اس کی بھاگتی ہوئی ٹانگوں میں آگئی تھی۔ ایسا لگتا تھا اس وقت کے لیے فوج کے کمانڈو سکول میں اس کو چھاپہ ماروں کی ٹریننگ دی گئی تھی۔ بھاگتے بھاگتے اس نے مڑ کر چاند کی روشنی میں دیکھا کہ شکاری کتے دو ہیں اور انہوں نے اپنے ساتھ کے پولیس کانسٹبلوں کو پیچھے چھوڑ دیا ہے اور اس وقت وہ چھلانگیں بھرتے ہوئے اس کی طرف آرہے ہیں۔ ایک کے مقابلے میں دو۔ مگر وہ کتے تھے اور وہ آدمی تھا۔ وہ بے عقل جانور تھے اور اس کے پاس دماغ تھا اور اس دماغ کو وہ سب چالیں اور گھاتیں یاد تھیں جو ایسے موقع کے لیے اس کو سکھائی گئی تھیں اور سو اس نے ان کو تگنی کا ناچ نچایا۔۔۔ سیدھا دوڑنے کی بجائے کبھی اِدھر گیا کبھی اُدھر گیا۔ پیڑوں کے گرد گھوم کر، ٹیلوں پر سے گھوم کر، کھیتوں میں سے، کاشت کاروں کے جھونپڑوں کے آنگن میں سے ہو کر۔ اس کو معلوم تھا کہ شکاری کتے ایک آدمی کا پیچھا نہیں کرتے۔ وہ تو ایک خاص بو کو سونگھتے سونگھتے اپنے شکار

تک پہنچ جاتے ہیں اور اس لیے وہ ہر اس جگہ جانے کے لیے مجبور تھے جہاں اس کے بھاگتے ہوئے، چک پھیریاں کھاتے ہوئے قدم ایک پل کے لیے بھی گئے تھے۔

چھاپہ ماروں کو دشمن کی فوج اور پولیس کے شکاری کتوں سے بھی سابقہ پڑ سکتا ہے اور اس لیے کمانڈو سکول میں اس نے یہ بھی سیکھا تھا کہ ایسی حالت میں کیا کرنا چاہیے۔ بھاگتے بھاگتے اس نے ان سب ہدایات کو یاد کیا جو ایسے وقت کے لیے ان کو دی گئی تھیں۔ پل بھر کے لیے رکے بغیر اس نے اپنی قمیص اتاری اور اس کا گولا بنا کر دور ایک طرف پھینکا اور پھر پسینے میں شرابور بنیان کو دوسری طرف چٹانوں میں گرایا۔ کچھ دیر کے لیے تو شکاری کتے قمیص اور بنیان کے درمیان گڑبڑا گئے۔ غصہ انہوں نے کپڑوں پر نکالا۔ سونگھتے سونگھتے ان کو اپنے بھیانک دانتوں اور پنجوں سے تار تار کر ڈالا۔ اب وہ ان سے کوئی سو گز آگے تھا اور سامنے ہی جھیل کا پانی چاندنی میں چمک رہا تھا۔ یہی اس کی نجات کا ایک راستہ تھا۔ اس کو معلوم تھا کہ شکاری کتے پانی میں اپنے شکار کی بو نہیں سونگھ سکتے۔

نکیلے پتھروں پر سے ننگے پیر بھاگتے ہوئے اس کے تلوے لہولہان ہو گئے تھے۔ اس کے اپنے پیروں کے نیچے خون نکلتا ہوا محسوس ہو رہا تھا مگر وہ ایک لمحے کے لیے بھی رک نہیں سکتا تھا۔ کتوں نے پھر اس کی بو سونگھ لی تھی اور اب وہ تیزی سے اس کا تعاقب کر رہے تھے۔ وہ اس وقت اس ہرن کے مانند تھا جس کی ٹانگ میں گولی لگی ہو اور وہ شکاری کتوں سے بچنے کے لیے لنگڑاتا ہوا بھاگتا جا رہا ہو، بھاگتا جا رہا ہو۔ کیونکہ رکنے میں اس کی موت ہے۔

اور اب جھیل کا پانی اس سے چند قدم ہی رہ گیا تھا۔ زمین جو یہاں تک پتھریلی

تھی، اب نرم ہوتی جارہی تھی۔ پہلے گھاس کی نرمی جو اس کے زخمی پیروں کو ایسی لگی جیسے کسی نے اس کے تلوؤں کے زخموں پر مرہم کا پھایہ رکھ دیا ہو۔ پھر پھسلواں کیچڑ۔ ہوشیاری سے قدم رکھنا چاہیے ورنہ پھسل کر گر گیا تو کتے اس کی تکا بوٹی کر ڈالیں گے۔ مگر اب اس کے پیر ایک دلدل میں پھنس گئے تھے جو ہر لحظہ اس کو دھیرے دھیرے نیچے کی طرف کھینچ رہی تھی۔ وہ دلدل سے پاؤں باہر نکال ہی نہیں سکتا تھا۔ اب وہ کتوں کا مقابلہ کرنے کے لیے تیار ہو گیا۔ کاش اس وقت اس کی سنگین اس کے پاس ہوتی تو وہ ان کتے کے بچوں سے نپٹ لیتا۔ مگر اب تو اس کی دونوں ٹانگیں بھی بیکار ہو گئی تھیں۔ گھٹنوں تک دلدل میں پھنسی ہوئی تھیں۔ اب تو اس کے صرف دو ہاتھ تھے اور دو خونی کتے تھے، جو اپنے خوفناک دانت نکالے اس پر حملہ کر رہے تھے!

کہتے ہیں بھونکنے والے کتے کاٹتے نہیں۔ مگر ان دونوں کتوں نے شاید یہ مثل نہیں سنی تھی۔ وہ خوفناک آواز میں بھونک بھی رہے تھے اور پنجوں اور دانتوں سے اس کو کاٹ بھی رہے تھے اور اس کے پاس ان کا مقابلہ کرنے کے لیے صرف دو ہاتھ تھے۔ مگر کمانڈو سکول میں اس کو یہ بھی سکھایا گیا تھا کہ دشمن کے شکاری کتوں کو بغیر گولی چلائے کیسے ختم کیا جا سکتا ہے۔۔۔ بے اختیار دونوں ہاتھوں سے اپنے چہرے کی حفاظت کرتے ہوئے اس نے یاد کرنے کی کوشش کی کہ سارجنٹ نے ایسے موقع کے لیے کیا بتایا تھا، "یاد رکھو کہ شکاری کتا شیر سے بھی زیادہ خطرناک ہوتا ہے۔ اس کو اپنے قریب نہ آنے دو۔ ٹھوکر سے کام لو۔ تمہارے فوجی جوتوں میں اسی لیے نیچے موٹی موٹی کیلیں لگی ہوئی ہیں۔ وقت پڑے تو ان جوتوں کی مار سے

ہتھیار کا کام لو۔" مگر اس وقت ان کو ٹھوکر کیسے مارے؟ اس کے تو ننگے پیر بھی دلدل میں پھنسے ہوئے تھے، جو آہستہ آہستہ اس کی ٹانگوں کو اپنے اندر کرتی جا رہی تھی۔

اس کے پاس تو اس وقت دو ہاتھ تھے جن سے وہ اپنے چہرے کی حفاظت کر رہا تھا، جہاں چھلانگیں لگا لگا کر وہ دونوں شیطان اس کی آنکھیں نکالنے پر تلے ہوئے تھے۔ مگر اس وقت صرف مدافعت سے کام نہیں چلے گا۔ زہریلے پنجوں اور خونی دانتوں کی مار سے دونوں ہاتھ لہولہان ہو چکے تھے۔ تھوڑی ہی دیر میں اس کے ہاتھوں کی کھال اتر جائے گی اور خون بہہ کر ان کی ساری طاقت نکل جائے گی۔ اس سے پہلے ہی اسے ان ہاتھوں سے کچھ اور کام لینا ہے۔ اس نے ایک کتے پر ساری توجہ مبذول کر دی اور اگلی بار وہ اس کی طرف اچھلا تو اس کے ہاتھوں نے "کراٹے" کے ایک پینترے سے اس کا گلا پکڑ لیا اور زور سے دبایا۔۔ دوسرا کتا اب اپنے ساتھی کو بچانے کے لیے اس پر حملہ کر رہا تھا۔۔ اس کی ننگی پیٹھ اور اس کا سینہ لہولہان ہو گئے مگر اس نے کتے کا گلا نہ چھوڑا۔ دبائے ہی چلا گیا، جب تک کہ دشمن بے جان نہ ہو گیا۔

اور اب صرف ایک دشمن باقی رہ گیا تھا۔ پہلا کتا زمین پر پڑا تھا اور دلدل اس کی لاش کو بھی اپنے اندر جذب کرتی جا رہی تھی۔ اپنے ساتھی کا انجام دیکھ کر کتے میں انتقام کی آگ بھڑک اٹھی تھی۔ اب اس کی شکاری حس میں ایک زہر بھری نفرت کا جذبہ بھی شامل ہو گیا تھا۔

یہ لڑائی ایک آدمی اور ایک جانور کی نہیں تھی۔ دو جانوروں کا خونی مقابلہ تھا۔

آدمی بھی اس وقت ایک کتا ہی ہو گیا تھا۔ اگر کتا اسے کاٹ سکتا تھا تو اس کے دانت بھی مضبوط اور نکیلے تھے۔۔۔ اس کے ہاتھ کتے کا گلا گھونٹنے کی کوشش کر رہے تھے، اس کے دانت کتے کی گردن کو کاٹ رہے تھے۔ جیسے وہ کتے کا خون پی جائے گا۔ اگر کتا خوفناک طریقے سے بھونک رہا تھا تو اس وقت آدمی بھی چیخ رہا تھا، چلا رہا تھا، گالیاں دے رہا تھا۔ یہاں تک کہ کتے کی طرح ہی بھونک رہا تھا۔ اس کے ہاتھ خونم خون ہو گئے تھے۔ اس کے منھ سے تھوک کے ساتھ خون بہہ رہا تھا۔۔۔ اس کا اپنا خون اور ساتھ میں کتے کا خون۔۔۔ مگر اس وقت یا اس کی جان تھی یا کتے کی۔ اور کتا اگر حیوان تھا تو وہ بھی حیوان تھا۔۔۔ مگر ساتھ میں وہ انسان بھی تھا اور سو حیوانی طاقت کے ساتھ انسانی دماغ بھی شامل تھا۔ ایک دفعہ چار ٹانگ کے دشمن کی گردن اس کے ہاتھوں میں آگئی تو اس کے انگوٹھے نے ٹٹول کر وہ رگ ڈھونڈ نکالی جس کو دبانے سے نرخرہ ٹوٹ جاتا ہے۔ کتا بے جان ہو کر گر پڑا۔ کتا "کراٹے" نہیں جانتا تھا۔

اب وہ دونوں ختم ہو چکے تھے مگر اس کی اپنی جان اب بھی خطرے میں تھی اور اس دشمن کے مقابلے میں نہ "کراٹے" کام آسکتے تھے نہ "جیو جسٹو۔" یہ دشمن وہ دلدل تھی جس نے اس کے پیروں میں زنجیر ڈال دی تھی۔ اس نے اب تک اس کا خیال نہیں کیا تھا، مگر وہ کمر تک دلدل میں دھنس چکا تھا۔ ایک کتے کی لاش تو آدھی سے زیادہ دلدل کی قبر میں اتر چکی تھی۔ دوسرے کے مردے کا بھی یہی حشر ہونے والا تھا اور (اس نے ایک جھرجھری لے کر سوچا) میری قبر بھی ان دونوں کے ساتھ ہی بنے گی۔

موت کا خوف جو عدالت میں جج کا فیصلہ سن کر بھی اس کی آنکھوں میں نہیں جھلکا تھا، اس وقت اس کے سارے شعور پر چھا گیا۔ اس نے انتہائی مایوسی سے ادھر ادھر دیکھا کہ شاید بچنے کی کوئی صورت دکھائی دے جائے۔۔۔ تو سامنے پولیس کا کانسٹبل کھڑا نظر آیا۔ موٹا، بھدا، چاند کی روشنی میں چہرے پر نفرت اور غصہ۔ پاس آیا تو اس کا گلا بھی دبا دوں گا۔ آدمی نے سوچا۔ مگر پاس آئے گا کیوں۔ اس کے ہاتھ میں تو پستول ہے۔

اسی پستول سے اس کی طرف نشانہ لگاتے ہوئے وہ دانت بھینچ کر بولا، "تو نے میرے پیارے کالو اور لالو کو مار ڈالا کمبخت۔ انہیں اپنے بیٹوں کی طرح پالا تھا میں نے۔ ابھی تجھے بھی ان کے پاس پہنچاتا ہوں۔ ہاتھ اوپر کر۔" اور جب آدمی نے ہاتھوں کو سر کے اوپر اٹھایا تو کانسٹبل بولا، "یہ ٹھیک ہے۔ گولی سیدھی دل کے پار ہوگی۔" پستول نے اپنی نالی میں سے آگ کا شعلہ اگلا، ایک تڑاخہ ہوا۔۔۔ اور اس کے بعد آدمی کو نہ کوئی تکلیف محسوس ہوئی نہ کہیں درد ہوا۔ صرف ایک میٹھی سی ٹیس کلیجے میں اٹھی، اور اسے ایسا لگا جیسے وہ نیند کے گہرے سمندر میں ڈوبتا جا رہا ہے۔

خواب میں اس نے ایک نوجوان کو دیکھا اور پھر پہچانا کہ یہ نوجوان وہ خود ہے اور ایک چھوٹی سی خوبصورت سی لڑکی ہے۔ جو ہنستی ہوئی بھاگ رہی ہے اور وہ اس کے پیچھے بھاگ رہا ہے اور اس کے ہاتھوں میں اس کا اپنا دل ہے اور اس دل کو وہ اس لڑکی کی نذر کرنا چاہتا ہے۔ "دل دینا چاہتے ہو۔" لڑکی نے کہا اور اب اس نے دیکھا کہ یہ لڑکی اس کی بیوی ہے جو پھر زندہ ہو گئی ہے۔ "دل دینا چاہتے ہو تو لاؤ۔" اور اس

نے اپنا دل اس لڑکی کو دے دیا۔ "ذرا سنبھال کر۔ میرا دل بڑا نازک ہے۔" ابھی اس نے کہا ہی تھا کہ لڑکی نے دل کو زمین پر دے مارا اور جو کانچ کا بنا ہوا تھا، ٹکڑے ٹکڑے ہو گیا اور کانچ کا ایک تیز ٹکڑا اڑ کر اس کو چبھ گیا، عین اس جگہ جہاں کبھی اس کا دل تھا اور بڑی سخت تکلیف محسوس ہوئی مگر یہ تکلیف اصلی تھوڑا ہی تھی۔ یہ تو خواب کی تکلیف تھی۔

اور پھر بے ہوشی کی صدیاں گزر گئیں اور وہ درد کی لہروں میں ڈولتا رہا، ڈولتا رہا اور اسے یہ یاد بھی نہ رہا کہ یہ سمندر ہے جس کی تہہ میں وہ ڈوبتا جا رہا ہے، یا وہ دلدل ہے جو اس کی ٹانگ گھسیٹ کر قبر میں اتارنا چاہتی ہے اور پھر اس نے دیکھا کہ اس کی بیوی اس نوجوان سے کہہ رہی ہے، جو وہ خود تھا، "مجھے افسوس ہے کہ میں نے تمہارا دل توڑ دیا۔ مجھے نہیں معلوم تھا اتنا نازک ہے۔ لو میں تمہیں ایک نیا دل دیتی ہوں۔ یہ تمہارے سینے میں فٹ آئے گا۔ تمہارے بہترین دوست کا دل ہے۔" اور اس نے وہ دل لے لیا اور اپنے سینے میں جو جگہ خالی تھی وہاں رکھ لیا مگر جگہ تنگ تھی، دل بڑا تھا، بڑی مشکل سے ادھر ادھر سے دبا کر اس کو جگہ پر لگایا مگر تکلیف اتنی ہوئی کہ اس نے سوچا میں مر جاؤں گا۔ بے ہوشی کے سمندر میں بڑی دور سے تیرتی ہوئی جج کی آواز آئی، "شاباش، ڈاکٹر! تم نے آپریشن نہیں کیا ایک چمتکار کیا ہے۔" اور پھر اس کے بازو میں ایک سوئی چبھی اور پھر وہ بے ہوشی کے اندھیرے سمندر میں ڈوب گیا۔

جب درد اور بے ہوشی کی صدیاں گزریں اور اس نے آنکھیں کھولیں تو دیکھا کہ ہر طرف سفیدی ہی سفیدی پھیلی ہوئی ہے۔ سفید دیواریں، سفید دروازے،

سفید کھڑکیوں میں سفید پردے لگے ہوئے ہیں، فرشتوں کی طرح سفید فراک پہنے ہوئی نرسیں اور سفید کپڑے پہنے ہوئے سفید داڑھی والا ڈاکٹر جو اس وقت اسے خدا نظر آرہا تھا۔ جب ڈاکٹر نے دیکھا کہ آدمی کو ہوش آگیا ہے تو وہ چلتا ہوا اس کے پلنگ کے پاس آیا اور مسکرا کر کہا، "شکریہ میرے دوست! اگر تمہاری قوتِ ارادی زندگی کا دامن چھوڑ دیتی تو آپریشن کبھی کامیاب نہیں ہو سکتا تھا۔" آدمی کمزوری کے مارے زیادہ بول نہیں سکتا تھا، پھر بھی وہ ہلکے سے بڑبڑایا، "کیا آپریشن کر کے میرے دل میں سے گولیاں نکال دیں آپ نے؟"

ڈاکٹر کے سنجیدہ چہرے پر دھیمی سی مسکراہٹ ابھر آئی، "نہیں، میرے دوست! ہم نے تمہارے گولیوں سے چھلنی دل کو نکال کر اس کی جگہ ایک نیا دل لگا دیا ہے یہ پہلا ایسا آپریشن ہمارے ملک میں ہوا ہے۔"

ایک اور ہفتہ گزر گیا۔ اب آدمی تکیوں کے سہارے پلنگ پر بیٹھ کر اخبار نویسوں کے سوالوں کا جواب دے سکتا تھا۔

"کیا محسوس کرتے ہیں آپ؟" ایک نے پوچھا۔

"اچھا ہوں۔" آدمی نے جواب دیا، "مگر کمزوری محسوس کرتا ہوں۔"

"کیا آپ جانتے ہیں کہ ہمارے ملک میں یہ پہلا آپریشن ہے جس میں ایک دل دوسرے کے سینے میں کامیابی سے لگایا گیا ہے؟"

"جانتا ہوں۔ یہ سوچ کر ہی میرے سر میں چکر آجاتا ہے۔"

"کیا آپ جانتے ہیں کہ حکومت نے آپ کے آپریشن پر لاکھوں روپے خرچ کیے ہیں؟"

"جی ہاں! یہ بھی جانتا ہوں اور میں حکومت کا شکر گزار ہوں کہ میری جان بچانے کے لیے انہوں نے اتنا خرچ کیا۔ ان کے ڈاکٹروں نے مجھے نئی زندگی دی ہے۔"

"آپ کو اپنا پرانا دل پسند تھا یا یہ نیا دل پسند ہے؟"

"مجھے یہ نیا دل پسند ہے۔ پرانے دل میں بہت سی برائیاں آگئی تھیں۔"

"مثلاً۔"

"مثلاً نفرت، تشدد پسندی، شبہ، وہم۔ نئے دل کے ساتھ میں نئی زندگی شروع کر سکتا ہوں۔"

ڈاکٹر نے اشارہ کیا کہ کافی وقت ہو گیا ہے اور اخبار نویس اٹھ کھڑے ہوئے۔ مگر جانے سے پہلے ایک جرنلسٹ نے پوچھا، "بس ایک آخری سوال، ہسپتال سے نکلنے کے بعد آپ کا کیا پروگرام ہے؟"

"زندہ رہنا۔ بس یہی میری زندگی کا پروگرام ہے اور اب میں اس پروگرام کو پورا کر سکتا ہوں۔"

تین مہینے کے بعد آدمی کو ہسپتال سے چھٹی دے دی گئی۔

"اب تم گھر واپس جا سکتے ہو۔" ڈاکٹر نے کہا، "خدا حافظ اور گڈ لک۔"

ایک بڑی آرام دہ، گدے دار موٹر میں بٹھا کر آدمی کو ایک نئی اور انجانی بلڈنگ میں لایا گیا۔ یہاں بھی ایک ڈاکٹر اس کا معائنہ کرنے کے لیے انتظار کر رہا تھا۔ ڈاکٹر نے آدمی کے دل کو ٹھونک بجا کر دیکھا۔ بلڈ پریشر کا آلہ لگا کر دیکھا۔ سینے میں "سٹیتھوسکوپ" لگا کر دیکھا۔ "سانس اندر سانس باہر" کرایا۔ امتحان کے لیے

اس کی انگلی میں پن چبھا کر خون نکالا۔ اس کی آنکھوں میں جھانک کر دیکھا اور پھر اعلان کیا کہ آدمی کا دِل اور دماغ دونوں بالکل ٹھیک ٹھاک ہیں۔

"قیدی اپنی سزا بھگتنے کے لیے پوری طرح سے قابل ہے۔" اس نے ان وارڈروں سے کہا جو آدمی کے ساتھ آئے تھے اور ٹھنڈی سانس لے کر باہر چلا گیا۔

قیدی! دفعتاً آدمی کو احساس ہوا کہ وہ ابھی تک حکومت کا قیدی ہے۔ اس کا مانگا ہوا دل تیزی سے دھڑکنے لگا۔ قیدی کے ہاتھ باندھ دیے گئے۔ ایک پادری کہیں سے نمودار ہو گیا اور جلوس چل پڑا۔ یہ سب اس کو کہاں لے جا رہے تھے؟ اور کیوں؟

جیل کے وارڈ۔

آدمی۔

وہ دونوں کانسٹبل جن کو دھوکا دے کر وہ بھاگا تھا۔ چھوٹا والا خاموش اور مغموم تھا۔ بڑا والا مسکرا کر اپنی مونچھوں کو تاؤ دے رہا تھا۔ اسی کی پستول کی گولیوں نے قیدی کے دل کو چھلنی کیا تھا۔

جیلر۔

ڈاکٹر

اور سب سے پیچھے وہی جج جس نے اس کو سزائے موت کا حکم سنایا تھا۔

اور سو یہ سب جلوس کی شکل میں آدمی کو پھانسی کے تختے تک لائے۔

جلاد ان کا انتظار کر رہا تھا۔ اس نے آدمی کے سر اور چہرے پر کالا غلاف چڑھا دیا۔ آدمی نے اپنی گردن کے گرد پھانسی کا پھندہ تنگ ہوتا محسوس کیا۔ اس کے دماغ

میں موت کا ڈر اتنا نہیں تھا، جتنی ایک عجیب بے چینی تھی۔ ایک مبہم سا سوال تھا۔۔۔ وہ کیا سوال تھا۔ اس کا جواب کیا تھا؟ اب یہ سوچنے کا وقت نہیں رہ گیا تھا۔۔۔ شاید اس کی موت کے بعد دوسرے آدمی اس سوال کو دنیا کے سامنے پیش کریں گے۔۔۔ شاید کوئی اس کا جواب بھی دے سکے۔ لیکن اس وقت وہ اس دنیا میں نہیں ہو گا۔۔۔

جیلر نے اشارہ کیا، جلاد نے ایک ہتہ دبایا۔ آدمی کے پیروں کے نیچے سے تختہ گر گیا اور آدمی پھانسی پر لٹک گیا۔ چند لمحوں میں اس کی زندگی کا افسانہ ختم ہو گیا۔ ڈاکٹر نے لاش کا معائنہ کیا، سٹیتھوسکوپ لگا کر سینے کا معائنہ کیا۔ جب اسے اطمینان ہو گیا کہ دل کی حرکت۔۔۔ جو ایک مرتے ہوئے آدمی کے کلیجے میں سے نکال کر دوسرے آدمی کے سینے میں لگایا گیا تھا۔۔۔ ہمیشہ کے لیے بند ہو گئی ہے تو اس نے سرٹیفکیٹ پر دستخط کر دیے۔ "میری موجودگی میں پھانسی دے دی گئی اور وہ پھانسی پر لٹکا رہا۔ جب تک مجرم کے دل کی حرکت ہمیشہ کے لیے بند نہ ہو گئی۔"

جج کے چہرے پر ایک گہرے اطمینان اور فتح مندی کے احساس کے آثار تھے۔۔۔ آج قانون اور انصاف کی بہت بڑی جیت ہوئی تھی۔ اور اوپر آسمان میں اڑتی ہوئی سفید بطخوں کی ڈار ایک سوالیہ نشان کی شکل میں دکھائی دی۔۔۔ اور اس سوالیہ نشان کی پرچھائیں جب اس جیل پر سے اڑتی ہوئی گزری تو ایسا لگا کہ جیسے پھانسی گھر اور پھانسی کی جھولتی ہوئی رسی پر ایک لمحہ کے لیے یہ سوالیہ منجمد ہو گیا ہو۔

***

منتخب یادگار افسانوں کا ایک اور مجموعہ

ماں کا دل

مصنف : خواجہ احمد عباس

بین الاقوامی ایڈیشن جلد منظر عام پر آرہا ہے